天问

曰遂古之初，谁传道之？
上下未形，何由考之？
冥昭瞢闇，谁能极之？
冯翼惟像，何以识之？
明明暗暗，惟时何为？
阴阳三合，何本何化？

注释

遂：通「邃」（suì 岁），远的意思。

曰：请问。

之初：开始的情况。本句的意思是指远古开端的情况如何。王逸《楚辞章句》考辨说：「遂，往也。初，始也。言往古太始之元，虚廓无形，神物未生，谁传道此事也。」洪兴祖《楚辞补注》指出：「《列子》：殷汤问于夏革曰：『古初有物乎？』夏革曰：『古初无物，今恶得物？自物之外，自事之先，朕所不知也。』《周礼》训方氏诵四方之传道。道，犹言也。传道，世世所传说往古之事也。」

传道之：传述下来。

上下：这里指天地。

未形：还没有形成。

何由：何从、根据什么。王逸《楚辞章句》考辨说：「言天地未分，溷沌无垠，谁考定而知之也？考，一作知。定，一作述。」洪兴祖《楚辞补注》指出：「《列子》曰：有形者生于无形，则天地安从生？故曰：有太易，有太初，有太始，有太素。气形质具而未相离，故曰浑沦。又曰：一者，形变之始也。清轻者上为天，浊重者下为地，冲和气者为人。」

冥：黑暗，这里指黑夜。

昭：光明，这里指白昼。

瞢（méng 蒙）：模糊、晦暗的意思。朱熹《楚辞集注》认为：「言昼夜未分也。」

极：穷尽、看透的意思。王逸《楚辞章句》考辨说：「言日月昼夜，清浊晦明，谁能极知之？」

冯翼：大气充满宇宙。王逸《楚辞章句》考辨说：「言天地既分，阴阳运转，冯冯翼翼，何以识知其形像乎？」洪兴祖《楚辞补注》指出：「《淮南》言天坠未形，冯冯翼翼，洞洞漏漏，故曰大。昭注云：冯翼，无形之貌。」冯，通「凭」。翼，指元气，即大气。

惟：语气助词。

象：景象。本句的意思是说大气弥漫景象混沌。

明明：白天光明。

暗暗：夜晚黑暗。

时：通「是」，这样的意思。

何为：为何。王逸《楚辞章句》指出：「言纯阴纯阳，一晦一明，谁造为之乎。」朱熹《楚辞集注》认为：「此间盖曰：

明，必有明之者；暗，必有暗之者。是何物之所为乎？」

阴阳：这里指阴阳二气。

三合：参错相合。三，通「参」。王逸《楚辞章句》考辨说：「谓天地人三合成德，其本始何化所生乎？」按柳宗元《天对说》，阴、阳、天的结合与统一谓之三合。

本：本源。

化：化生、衍生。

圜则九重，孰营度之？
惟兹何功，孰初作之？
斡维焉系，天极焉加？
八柱何当，东南何亏？
九天之际，安放安属？
隅隈多有，谁知其数？

注释

圜（yuán圆）：通「圆」，指天。古人认为天圆地方。朱熹《楚辞集注》认为：「圜，谓天形之圆也。」王逸《楚辞章句》考辨说：「言天圜而九重，谁营度而知之乎？」洪兴祖《楚辞补注》认为：「圜，与圆同。《说文》曰：「天体也。」《易》曰：「乾元用九，乃见天则。」」

九重：九层。古人说天有九重。

营度：测量。营，通「环」。这两句的意思是说天是圆的，并有九层，这是测量出来的？洪兴祖《楚辞补注》指出：「《淮南》曰：「天有九重，人亦有九窍。」《天对》曰：「无营以成，沓阳用九。转輠浑沦，蒙以圜号。」积阳为天。九，老阳数也。营，经营也。度，量度也。」

兹：此、这。

功：工程的意思。一说为功绩。

作：建造。这两句的意思是说如此浩大的工程，是谁创建的？

斡（guǎn管）：北斗七星的柄。古人认为北斗之柄是天体运转的枢纽，维星拴在北斗星柄上，斗转则维移，天体随之运转。王逸《楚辞章句》考辨说：「斡，转也。维，纲也。言天昼夜旋转，宁有维纲系缀，其际极安所加乎？斡，一作筦。」

天极：天的顶端。

加：架设。

八柱：古代传说中地上有八根擎天柱。王逸《楚辞章句》考辨指出：「言天有八山为柱，皆何当值？东南不足，谁亏缺之也？」洪兴祖《楚辞补注》指出：「《河图》言：昆仑者，地之中也。地下有八柱，柱广十万里，有三千六百轴，互相牵制。名山大川，孔穴相通。《淮南》云：天有九部八纪，地有九州八柱。《神异经》云：昆仑有铜柱焉，其高入天，所谓天柱也。《素问》曰：天不足西北，故西北方阴也，而人右耳目不足左明也。地不满东南，故东南方阳也，而人左手足不如右强也。又曰：天不足西北，左寒而右凉；地不满东南，右热而左温。注云：中原地形，西北高，东南下。今百川满凑东之沧海，则东西南北高下可知。」

何当：在什么地方。

东南：在大地的东南。

何亏：缺损，塌陷。

九天：指天的中央和八方。一说指九重天。王逸《楚辞章句》考辨说：「九天，东方皞天，东南方阳天，南方赤天，西南方朱天，西方成天，西北方幽天，北方玄天，东北方变天，中央钧天，其际会何分，安所系属乎？皞，亦作昊。变，一作栾，一作鸾。」

际：边缘。洪兴祖《楚辞补注》认为：「际，边也。传曰：九天之际曰九垠；九天之外曰九陔。」

安放：放在哪里。

安属：与什么连接。属，连接。

隅（yú于）：角落。

隈（wēi微）：弯曲的地方。王逸《楚辞章句》考辨说：「言天地广大，隅隈众多，宁有知其数乎？」本句的意思是说大地有那么多的角落和弯曲。

天何所沓？十二焉分？
日月安属？列星安陈？
出自汤谷，次于蒙汜。
自明及晦，所行几里？
夜光何德，死则又育？
厥利维何，而顾菟在腹？

注释

沓（tà踏）：接合。古时有人认为天像一只大锅罩在大地上，所以有与地相接合的地方。王逸《楚辞章句》考辨说：「沓，合也。言天与地合会何所？十二辰谁所分别乎？」《尚书·尧典》疏云：「虞喜云，周髀之术，以为天似覆盆，盖以斗极为中，中高而四边下，日月旁行绕之。」

十二：十二个时辰或十二个月。王逸《楚辞章句》认为是指十二个时辰，即子、丑、寅、卯、辰、巳、午、未、申、酉、戌、亥。

安属：如何附着在天上。

安陈：如何排列摆放。王逸《楚辞章句》考辨说：「言日月众星，安所系属，谁陈列也。」

出：升。

汤谷：即旸谷，传说中的地名，据说是太阳洗浴和升起的地方。

次：止息，降落。王逸《楚辞章句》说：「次，舍也。」

蒙汜（sì似）：神话传说中太阳止息的地方。王逸《楚辞章句》考辨说：「汜，水涯也。言日出东方汤谷之中，暮入西极蒙水之涯也。」

明：白天。

及：运行到。

晦：夜晚。王逸《楚辞章句》考辨说：「言日平旦而出，至暮而止，所行凡几何里乎。」

夜光：即月亮，又叫月光。

德：王逸《楚辞章句》考辨说：「言月德于天，死而复生也。一云，言月何德，居于天地，死而复生。」朱熹《楚辞集注》认为：「此问月有何德，乃能死而复生？」

又育：复生。指月有阴晴圆缺、有亮有暗是为了什么。

厥（jué 绝）：其，这里指月亮。

利：好处。

维何：为了什么。

顾：照顾，引申为畜养。

菟：通「兔」，传说中月亮上有兔子。王逸《楚辞章句》考辨说：「言月中有菟，何所贪利，居月之腹，而顾望乎。菟一作兔。」闻一多《天问释天》力陈11条证据，认为顾菟就是蟾蜍，卓成一家之言，可备一说。

女岐无合，夫焉取九子？

伯强何处？惠气安在？

何阖而晦？何开而明？

角宿未旦，曜灵安藏？

注释

女岐：神话中的女神，无夫而生了九个孩子。这里反映的是母系氏族社会的情况，只知孩子的母亲，不知孩子的父亲。王逸《楚辞章句》考辨说：「女岐，神女，无夫而生九子也。」《天对》云：阳健阴淫，降施蒸摩，灵而子，焉以夫为？」

合：婚配。

夫焉：怎么。

取：生的意思。

伯强：有人认为是风神禺强。王逸《楚辞章句》考辨说：「大厉，疫鬼也，所至伤人。」

何处：家住在哪里。

惠气：祥和之气。王逸《楚辞章句》指出：「惠气，和气也。言阴阳调和则惠气行，不和调则厉鬼兴，二者当何所在乎？」

阖（hé 和）：即「合」，关闭。

晦：指天色黑暗。

角宿：星座名，二十八宿之一，位于东方。这里用角宿代指东方。王逸《楚辞章句》指出：「角亢，东方星。」本句的意思是说天还未亮。

曜（yào要）灵：太阳。这两句诗的意思是东方没有天亮的时候，太阳藏身在什么地方。王逸《楚辞章句》考辨说：『曜灵，日也。言东方未明旦之时，日安所藏其精光乎？』

不任汩鸿，师何以尚之？
佥曰何忧，何不课而行之？
鸱龟曳衔，鲧何听焉？
顺欲成功，帝何刑焉？
永遏在羽山，夫何三年不施？
伯禹愎鲧，夫何以变化？

注释

汩（gǔ谷）：治理。

任：胜任。

鸿：通『洪』，洪水的意思。王逸《楚辞章句》指出：『汩，治也。鸿，大水也。』

师何以：尧帝的重臣为什么举荐他。王逸《楚辞章句》考辨说：『师，众也。尚，举也。言鲧才不任治鸿水，众人何以举之乎。师，一作鲧。』本句的意思是说鲧不能胜任治理洪水的职责。

尚：上、推举。

之：指鲧（gǔn滚）。传说中是夏禹的父亲。尧时洪水泛滥，众臣举荐鲧去治水，尧起初不同意，见大家坚持，无奈同意。鲧治水九年，没有成效，被尧杀死在羽山的荒野。大禹从鲧的腹中而生。

佥（qiān签）：众。

课：试用、考察。

鸱（chī吃）龟：神话传说中一种像鸱的大龟。蒋骥《山带阁注楚辞》指出：『余按《山海经》，怪水、毫水皆有旋龟，乌首虺（huǐ悔）尾。《岭海异闻》，海龟鹰吻，大者径丈。《南越志》，宁县多鸯龟，鹅首啮犬。』鸱，即鹞鹰，这里指传说中的神鸟。毛奇龄《天问补注》指出：『鲧筑堤以障洪水，宛委盘错，如鸱龟牵衔者然，是就鸱龟形因之为堤，盖听鸱之计也。』游国恩《离骚纂义》指出：『《春秋运斗枢》，玉衡星为鸱，瑶光之星散为龟。玉衡、北斗第五星；瑶光，北斗第七星。彼此衔接，所谓鸱龟曳衔也。疑鲧筑长堤以障水，绵亘蜿蜒，乃取法天象，故曰何听，未知然否。』

曳（yè叶）：拖拉。本句的意思是鸱衔走石头，龟拖走石头，破坏鲧治水。

听：听任、听由它们。王逸《楚辞章句》考辨说：『言鲧治水，绩用不成，尧乃放杀之羽山，飞鸟水虫，曳衔而食之，鲧何能复不听乎？』

顺欲：顺应众人的愿望。本句的意思是说他本是和大家一样想把洪水治好。

帝：这里指尧帝。

刑焉：施刑、诛罚。王逸《楚辞章句》指出：『言鲧设能顺众人之欲，而成其功，尧当何为刑戮之乎？』洪兴祖《楚辞补注》考辨说：『《书》云：方命圮族。《国语》云：鲧违帝命。则所谓顺欲者，顺帝之欲也。《天对》云：盗堙息壤，招帝震怒。赋刑在下，投弃于羽。《山海经》云：「鲧窃帝之息壤，以堙洪水，帝令祝融杀鲧于羽郊。」』

遏（è恶）：囚禁。

羽山：神话中的山名，传说在今山东蓬莱市东南。

三年：多年的意思。「三」并非实指。

施：放，释放。王逸《楚辞章句》考辨说：「永，长也。遏，绝也。施，舍也。言尧长放鲧于羽山，绝在不毛之地，三年不舍其罪也。一无「山」字，施一作弛。」朱熹《楚辞集注》认为：「施，谓刑杀之也。《左传》曰，乃施刑侯。此问鲧功不成，何但囚之羽山，而不施以刑乎？」

伯禹：即大禹。禹称帝前曾封夏伯，所以叫伯禹。王逸《楚辞章句》考辨说：「禹，鲧子也。言鲧愚狠，愎而生禹，禹小见其所为，何以能变化而有圣德也？愎一作腹，注同。一本「何」下有「故」字。」

愎鲧：从鲧的腹中生出来。《山海经·海内经》载：「鲧死在羽山后，尸体三年不腐，有人剖其腹，得禹。」

何以：如何，怎么。本句的意思是这是怎么变化育成的呢？

纂就前绪，遂成考功。
何续初继业，而厥谋不同？
洪泉极深，何以窴之？
地方九则，何以坟之？
河海应龙？何尽何历？
鲧何所营？禹何所成？
康回冯怒，坠何故以东南倾？

注释

纂（zuǎn钻）：继续。

就：进行。

绪：事业。

考功：父亲未完成的事业。考，对亡父的尊称。王逸《楚辞章句》考辨说：「父死称考。绪，业也。言禹能纂代鲧之遗业，而成考父之功也。」

续初、继业：都是说大禹继承其父鲧的事业。

厥（jué绝）谋：他的方法。厥，其，指大禹。王逸《楚辞章句》考辨说：「言禹何能继续鲧业，而谋虑不同也。」洪兴祖《楚辞补注》指出：「《洪范》言鲧陻洪水，汩陈其五行。帝乃震怒，不畀（bì必）洪范九畴，彝伦攸斁，鲧则殛（jí急）死；禹乃嗣兴，天乃赐禹洪范九畴，彝伦攸叙。《孟子》曰：禹之治水，水之道也。鲧堙洪水，而禹行其所无事，虽承父业，其谋不同也。」朱熹《楚辞集注》认为：「鲧禹治水之不同，事见《洪范》，盖鲧不顺五行之性，筑堤以障润下之水，故无成。禹因而疏之，导河入海。」

窴（tián天）：同「填」。王逸《楚辞章句》指出：「言洪水渊泉极深大，禹何用窴塞而平之乎？」

九则：九块。本句的意思是说把治水按地理环境划分为九个区域。

坟：划分。王逸《楚辞章句》考辨说：「坟，分也。谓九州之地，凡有九品，禹何能分别之乎？坟，一作愤。」

应龙：神话传说中有翼的龙。传说大禹治洪水，应龙相助，以尾划地，大禹按划迹导水入海。

何历：经过何处。王逸《楚辞章句》考辨说：『有鳞曰蛟龙，有翼曰应龙。历，过也。言河海所出至远，应龙过历游之，而无所不穷也。或曰：禹治洪水时，有神龙以尾画地，导水所注当决者，因而治之也。一云：应龙何画，河海何历。』本句的意思是江河流经何处入海。

营：做了什么。

所成：有何成绩，有何贡献。

康回：神话传说中的共工。王逸《楚辞章句》考辨说：『康回，共工名也。《淮南子》言共工与颛顼（zhuān xū 专须）争为帝，不得，怒而触不周之山，天维绝，地柱折，故东南倾。』这两句的意思是说大地为什么向东南倾斜？』

冯怒：大怒。冯，通『凭』，满、盛的意思。

九州安错？川谷何洿？
东流不溢，孰知其故？
东西南北，其修孰多？
南北顺椭，其衍几何？
昆仑县圃，其尻安在？
增城九重，其高几里？
四方之门，其谁从焉？
西北辟启，何气通焉？

注释

九州：传说大禹治水后把天下分成了九个州。

错：通『措』，设置。王逸《楚辞章句》考辨说：『言九州错厕，禹何所分别之？川谷于地，何以独洿深乎。安，一作何。』

川：河流。

谷：溪谷。

洿（wū 巫）：挖掘。

东流：指河水东流入海。

不溢：指海水不满溢。王逸《楚辞章句》考辨说：『言百川东流，不知满溢，谁有知其故也。』

孰知：谁知道。洪兴祖《楚辞补注》指出：『《列子》云：渤海之东不知几亿万里，有大壑焉，实惟无底之谷，名曰归墟。八紘（hóng 虹）九野之水，天汉之流，莫不注之，而无增无减焉。《庄子》曰：天下之水，莫大于海，万川归之，不知何时止而不盈；尾闾泄之，不知何时已而不虚。』

修：长。

顺椭：椭圆形距离远的两端。

衍：多出、多余。

县圃：悬圃，神话中的地名，在昆仑山脉。王逸《楚辞章句》考辨说：『昆仑，山名也，在西北，元气所出，其巅曰县圃，乃上通于天也。尻一作居。』

尻：居。本句的意思是它到底在山的什么地方？

增城：神话传说中的地名，在昆仑山顶，故说九重（第九层）。王逸《楚辞章句》考辨说：『《淮南》言昆仑之山九重，其高万二千里也。二或作五。』

四方之门：《山海经·海内西经》说：『昆仑之墟，在西北，方四百里，高万仞，面有九门』。洪兴祖《楚辞补注》指出：『《淮南》言昆仑虚旁有四百四十门，门间四里，里间九纯，纯丈五尺。此云四方之门，盖谓昆仑也。又云东北方方士之山曰苍门，东方东极之山曰开明之门，东南方波母之山曰阳门，南方南极之山曰暑门，西南方编驹之山曰白门。西方西极之山曰阊阖之门，西北方不周之山曰幽都之门，北方北极之山曰寒门。凡八极之云，是雨天下。八门之风，是节寒暑。』

从：从中出入。

辟启：敞开。这句诗的意思是说敞开昆仑山西北的大门。

气：风。传说昆仑山的西北是不周山，从不周山吹来的西北风主生杀。

日安不到？烛龙何照？

羲和之未扬，若华何光？

何所冬暖？何所夏寒？

焉有石林？何兽能言？

焉有虬龙、负熊以游？

雄虺九首，倏忽焉在？

注释

安：哪有。 日：太阳。

不到：照射不到的地方。

烛龙：神话传说中人面赤色蛇身的神。

何照：照亮的是什么地方。王逸《楚辞章句》认为：『言天之西北，有幽冥无日之国，有龙衔烛而照之也。』

羲和：神话传说中为太阳驾车的人。王逸《楚辞章句》考辨说：『羲和，日御也。言日未出之时，若木何能有明赤之光华乎？』

扬：扬鞭。

若华：若木的花。神话传说中若木生长在日落的地方，太阳落在若木之下时，若木的花就会放射光芒。

何所：什么地方。

暖：温暖。王逸《楚辞章句》指出：『暖，温也。言天地之气，何所有冬温而夏寒者乎？』

石林：石头构成的森林。王逸《楚辞章句》考辨说：『言天下何所有石木之林，林中有兽能言语者乎？《礼记》曰：

「猩猩能言，不离禽兽也。」」

虬（qiú求）龙：神话传说中无角的龙。

负：背负、驮起的意思。

游：在水中游泳。

雄虺（huǐ悔）：传说中有九个头的毒蛇。蒋骥《山带阁注楚辞》指出：「《海外北经》，共工臣曰相柳，九首人面，蛇身而青，食于九土，所抵即为泽溪，禹杀之。」

倏忽：快捷的样子。王逸《楚辞章句》考辨说：「倏忽，电光也。言有雄虺，一身九头，速及电光，皆何所在乎。一无速字。」

何所不死？长人何守？
靡萍九衢，枲华安居？
灵蛇吞象，厥大何如？
黑水玄趾，三危安在？
延年不死，寿何所止？
鲮鱼何所？鬿堆焉处？
羿焉彃日？乌焉解羽？

注释

不死：「长生不死。《山海经·海外南经》：不死民在交胫国东，其人黑色，寿不死。」

长人：指防风民。传说中夏禹时期诸侯防风氏身高三丈，守卫封隅之山。王逸《楚辞章句》考辨说：「《括地象》曰：有不死之国。长人，长狄。《春秋》云：防风氏也。禹会诸侯，防风氏后至，于是使守封嵎之山也。一云：何所不老。」

靡萍：传说中一种奇异的浮萍。

九衢（qú渠）：九条大路。蒋骥《山带阁注楚辞》指出：「言其枝交错九出，像九衢之路也。」王逸《楚辞章句》考辨说：「九交道曰衢。言宁有萍草，生于水上无根，乃蔓衍于九交之道，又有枲麻垂草华荣，何所有此物乎？」

枲（xǐ洗）：神话传说中一种奇异的麻类植物。

靈蛇吞象：《山海经·海内南经》载：「巴蛇吞象，三岁而出其骨。」

大：指蛇的嘴大、肚子大，这里指蛇大。

黑水：神话传说中源于昆仑山的一条河流。

玄趾：染黑脚趾。玄，黑色。

三危：传说中的山名。传说吃了黑水三禾和三危之露可以长寿。下面两句接此而问。

鲮（líng灵）鱼：神话中的怪鱼。传说其为人面人手鱼身。王逸《楚辞章句》考辨说：「鲮鱼，鲤也。一云：鲮鱼，陵鲤也，有四足，出南方。」

鬿（qí起）堆：神话传说中的鸟。传说该鸟形状如鸡，白头、鼠足、虎爪，其名为鬿雀，食人。堆，『雀』的假借字。

羿（yì意）：神话中的射日英雄。传说尧舜时有十个太阳，因此庄稼草木皆枯，尧命后羿射落九个太阳，世上万物方得以生衍。

弹（bì 必）：射。

乌：指神话传说中太阳里的三足乌。

解羽：因太阳被射落，太阳里的三足乌鸦羽毛脱落。指乌死。王逸《楚辞章句》考辨说：『《淮南》言尧时十日并出，草木焦枯，尧命羿仰射十日，中其九日，日中九乌皆死，堕其羽翼，故留其一日也。』

禹之力献功，降省下土四方。
焉得彼嵞山女，而通之于台桑？
闵妃匹合，厥身是继。
胡为嗜不同味，而快鼌饱？

注释

献：投入。

功：治水之事。

降：下去。

省：省察、视察、了解的意思。王逸《楚辞章句》考辨说：『言禹以勤力献进其功，尧因使省迨下土四方也。』

下土：民间。

嵞山：古国名。相传禹娶涂山氏女，生启。

通：私通。

台桑：地名。王逸《楚辞章句》考辨说：『言禹治水，道娶塗山氏之女，而通夫妇之道于台桑之地。焉，一作安。一云：焉得彼涂山之女，而通于台桑。嵞，《释文》作涂。』

闵妃：闵，爱怜。妃，指涂山氏女。王逸《楚辞章句》指出：『闵，忧也。言禹所以忧无妃匹者，欲为身立继嗣也。』

匹合：结合、结婚。

是：为了。

继：继嗣，传宗接代。

胡：为什么。

为：发语词。

嗜：爱好。

快鼌饱：图一时的快乐。快，快乐。鼌饱，一朝饱食。《吕氏春秋》载，禹为治水，婚后四天就离开了家。王逸《楚辞章句》考辨说：『言禹治水道娶者，忧无继嗣耳，何特与众人同嗜欲，苟欲饱快一朝之情乎？故以辛酉日娶，甲子日去而有启也。』

启代益作后，卒然离蠥。
何启惟忧，而能拘是达？

皆归射鞠，而无害厥躬。

何后益作革，而禹播降？

启棘宾商，《九辩》、《九歌》。

何勤子屠母，而死分竟地？

注释 启：夏启，大禹的儿子。

代：企图取代。

益：人名，大禹指定的王位继承人，大禹时的贤臣。王逸《楚辞章句》考辨说：『益，禹贤臣也。』

后：国君。传说大禹死时把帝位禅让给了益，启为大禹守丧三年期满后谋夺帝位，被益拘禁，后逃脱，杀益得位。

卒然：忽然。卒，通『猝』。

离：通『罹』，遭到。

蠥：同『孽』，灾祸。王逸《楚辞章句》考辨说：『蠥，忧也。言禹以天下禅与益，益避启于箕山之阳，天下皆去益而归启，以为君，益卒不得立，故曰遭忧也。』

何：为何。

惟：遭受。

拘是：从拘禁中。

达：通达、逃脱。王逸《楚辞章句》考辨说：『言天下所以去益就启者，以其能忧思道德，而通其拘隔。拘隔者，谓有扈氏叛启，启率六师以伐之也。』

归：交出。

射鞠：一种巫术，称为『厌胜术』。鞠是用皮革做成的人偶，相当于后来巫术中做成的象征仇人形状的东西，通过咒语和用针扎的方式达到使仇人受到伤害的目的。

无害：没有伤害。

厥躬：其心，指启虽然受射鞠之术影响，身体受到伤害，但最重要的部位心脏并没有受到损害。因此，才有后文大禹显灵相救一说。因此，这里的躬应为『宫』的分别字『窮』。王逸《楚辞章句》认为：『言有扈氏所行皆归于穷恶，故启诛之，长无害于其身也。』可备一说。

后益：即益，因其当过国君，故曰后益。王逸《楚辞章句》指出：『后，君也。』

作革：发生政权变更。这里指失败。作，发生的意思。王逸《楚辞章句》说：『革，更也。』

播降：兴旺。播，广泛的意思。降，归降、降服，言众心所向，故国家兴旺。王逸《楚辞章句》考辨说：『播，种也。降，下也。言启所以能变更益，而代益为君者，以禹平治水土，百姓得下种百谷，故思归启也。』

棘：通『急』。王逸《楚辞章句》考辨说：『棘，陈也。』

宾：通『嫔』。这里作动词，献嫔的意思。王逸《楚辞章句》说：『宾，列也。』

商：指天帝。本句的意思是说启急急忙忙献三个美女给天帝。《山海经·大荒西经》：『启上三嫔于天，得《九辩》、《九歌》以下。』《九辩》、《九歌》均为乐曲名。王逸《楚辞章句》考辨说：『九辩、九歌，启所乐也。言启能修明禹业，陈列宫商之音，备其礼乐也。』

勤子屠母：指大禹出生时母亲难产裂胸而生大禹的故事。勤子，为勤劳的儿子，指禹。王逸《楚辞章句》考辨说：『勤，劳也。屠，裂剥也。言禹愊剥母背而生，其母之身分散竟地，何以能有圣德，忧劳天下乎。』一说涂山氏怀启，到嵩山下化为石，禹追来大喊：『还我子』，石破北方而生启。勤子，指涂山氏辛勤地保护儿子。

死：通『尸』。

竟：委弃。

帝降夷羿，革孽夏民。

胡䠶夫河伯，而妻彼雒嫔？

冯珧利决，封豨是䠶。

何献蒸肉之膏，而后帝不若？

浞娶纯狐，眩妻爰谋。

何羿之䠶革，而交吞揆之？

注释

帝：天帝。

降：降生。

夷羿：传说中夏代有穷国国主。善射。

孽：灾孽。本句的意思是说为革除夏民的灾孽。王逸《楚辞章句》考辨说：『孽，忧也。言羿弑夏家，居天子之位，荒淫田猎，变更夏道，为万民忧患。』

胡：为什么。

䠶：射。

河伯：黄河之神。传说河伯变为白龙出游，被羿射瞎左眼。

妻：强娶。

彼：他，指河伯。

雒（luò洛）嫔：传说中的洛水女神，是河伯的妻子。雒，通『洛』。王逸《楚辞章句》考辨说：『胡，何也。雒嫔，水神，谓宓妃也。《传》曰：河伯化为白龙，游于水旁，羿见而䠶之，眇其左目。河伯上诉天帝曰：为我杀羿。天帝曰：尔何故得见䠶？河伯曰：我时化为白龙出游。天帝曰：使汝深守神灵，羿何从得犯汝？今为虫兽，当为人所䠶，固其宜也。羿何罪欤？深一作保。羿又梦与雒水神宓妃交接也。』

冯：通『凭』，满，把弓拉满的意思。

珧（yáo尧）：贝壳。这里指贝壳装饰的弓。

利决：指善于射箭。

封豨（xī西）：大野猪。

何：为何。

馘：祭馘。

蒸肉：祭祀用的肉。蒸，通「烝」，古代冬祭曰烝。

膏：肥美。

后帝：天帝。

不若：不顺心，不喜欢。王逸《楚辞章句》考辨说：「言羿猎射封豨，以其肉膏祭天帝，犹不顺羿之所为也。」

浞（zhuó 卓）：寒浞，羿的相，后杀羿自立为君。相传寒浞是伯明氏后代，其祖为黄帝的车正哀，因哀有功于黄帝朝，黄帝将他封于寒（今山东潍坊市一带），其属地称为伯明国（亦称寒国），其族人后来便以寒为姓。

纯狐：羿的妻子。

眩妻：即玄妻，指纯狐。

爰谋：合谋。爰，与。传说寒浞与纯狐合谋杀死羿。王逸《楚辞章句》考辨说：「言浞娶于纯狐氏女，眩惑爱之，遂与浞谋杀羿也。」

射革：传说羿一箭能射穿七层皮革。言羿本事很大。

交：合谋。

吞：被吞灭，被杀害。

揆（kuí 奎）：揣度，暗算。王逸《楚辞章句》考辨说：「吞，灭也。揆，度也。言羿好射猎，不恤政事法度，浞交接国中，布恩施德而吞灭之也。一无革字。」

阻穷西征，岩何越焉？

化为黄熊，巫何活焉？

咸播秬黍，莆雚是营。

何由并投，而鲧疾修盈？

注释

阻穷：道路艰险。王逸《楚辞章句》考辨说：「阻，险也。穷，窘也。」

西征：西行。这里是写尧放逐鲧到羽山的事情。王逸《楚辞章句》考辨说：「征，行也。越，度也。言尧放鲧羽山西行越度岑岩之险，因堕死也。」

岩：崇山峻岭。

越：翻越。

黄熊：《左传·昭公七年》载，鲧在羽山死后，其神化为黄熊。

活：把他救活。王逸《楚辞章句》考辨说：「活，生也。言鲧死化为黄熊，以入于羽渊，岂巫医所能复生活也。一本化下有而字。」

咸：示教。王逸《楚辞章句》考辨说：「咸，皆也。秬黍，黑黍也。莆，草名也。营，耕也。言禹平治水土，民皆得耕种黑黍于雚蒲之地，尽为良田也。」

播：播种。

秬黍（jù shǔ 俱属）：黑黍，黑小米。

莆（pú葡）：同『蒲』，水草。

雚（huán环）：芦类植物。

营：耕作。本句的意思是说鲧教人耕作除草。

并投：一同放逐。传说与鲧一起被放逐的还有共工、驩兜、三苗等人。

疾：罪过、罪孽。

修盈：深重。修，长。盈，满。本句的意思是说鲧的罪孽难道有那么深重？王逸《楚辞章句》考辨说：『言尧不恶鲧而戮杀之，则禹不得嗣兴，民何得投种五谷乎。乃知鲧恶长满天下也。』

白蜺婴茀，胡为此堂？
安得夫良药，不能固臧？
天式从横，阳离爰死。
大鸟何鸣，夫焉丧厥体？

注释

蜺（ní尼）：同『霓』，虹的一种。

婴：缠绕。

茀（fú服）：云彩。

胡为：为什么。

此堂：来到这个大堂，指崔文子家的厅堂。王逸《楚辞章句》考辨说：『言此有蜺茀，气逶移相婴，何为此堂乎？盖屈原所见祠堂也。』一说指这个厅堂上绘有崔文子学仙于王子侨，王子侨化为白蜺的壁画。这个壁画之谜还有待揭开。

安得：怎么得到。

臧：同『藏』。王逸《楚辞章句》考辨说：『臧，善也。言崔文子学仙于王子侨，子侨化为白蜺而婴茀，持药与崔文子，崔文子惊怪，引戈击蜺，中之，因堕其药，俯而视之，王子侨之尸也。故言得药不善也。一本「夫」上有「失」字。』

天式：自然规律。

从：通『纵』，纵横，言不可抗拒。

阳：阳气。

爰：于是、就。王逸《楚辞章句》考辨说：『爰，于也。言天法有善，阴阳从横之道，人失阳气则死也。』

大鸟：指上文王子侨的尸体变的鸟。传说王子侨被击死后，崔文子把破筐盖在其尸体上，不久尸体变成大鸟大声鸣叫。崔打开筐看，大鸟便飞走了。王逸《楚辞章句》考辨说：『言崔文子取王子侨之尸，置之室中，覆之以弊筐，须臾则化为大鸟而鸣，开而视之，翻飞而去，文子焉能亡子侨之身乎？言仙人不可杀也。』

厥体：原来的身躯。

蓱号起雨，何以兴之？
撰体胁胁，何以膺之？

鼇戴山抃，何以安之？
释舟陵行，何之迁之？

注释 蓱（píng平）：蓱翳，传说中的雨神。

号：呼号。

兴之：兴云作雨。王逸《楚辞章句》分析说：『兴，起也。言雨师号呼则云起而雨下，独何以兴之乎。』

撰体：身上具有。撰，具有。

膺（yīng应）：承受。王逸《楚辞章句》考辨说：『膺，受也。言天撰十二神鹿，一身八足两头，独何膺受此形体乎。一云撰体胁鹿何以膺之。』本句的意思是说，风神雀头鹿身蛇尾，他怎么能够承受这样奇特的体形呢？

鼇（biē）：传说中海里的大鳖。

戴山：背起山。

抃（biàn变）：拍手。此指鳖的四肢划水。《列子》载，渤海东有五座山，浮在海面，随海飘动，住在山上的神仙为之不安。后天帝命禹强指挥十五只巨鳖把山背起，才使山稳定下来。王逸《楚辞章句》考辨说：『《列仙传》曰：有巨灵之龟，背负蓬莱之山而抃舞，戏沧海之中。独何以安之乎？』

释：舍弃。

陵行：在陆地上行走。

迁之：背起走。传说龙伯国有一巨人，在五座神山处从海里一次钓起六只大鳖，全部背回了国。王逸《楚辞章句》分析说：『迁，徙也。舟释水而陵行，则何能迁徙也？言龟所以负山若舟船者，以其在水中也。使龟释水而陵行，则何以能迁徙山乎。』

惟浇在户，何求于嫂？
何少康逐犬，而颠陨厥首？
女歧缝裳，而馆同爰止。
何颠易厥首，而亲以逢殆？

注释 惟：发语词。

浇：寒浞的儿子。传说他力大无比，纵欲残忍，曾杀死夏相，后又被夏相的儿子少康所杀。王逸《楚辞章句》考辨说：『浇，古多力者也。《论》曰：浇荡舟。言浇无义，淫佚其嫂，往至其户，佯有所求，因与行淫乱也。』

户：门户，指家。此句的意思是说寒浇到他嫂子家。

嫂：寒浇的嫂子，传说是寡妇。

少康：夏相的儿子，是夏朝中兴之主。

逐犬：指打猎。

颠陨：坠落，这里指砍掉。王逸《楚辞章句》认为：『言夏少康因田猎放犬逐兽，遂袭杀浇而断其头。』朱熹《楚辞集注》指出：『浇无义，淫佚其嫂，往至其户，佯有所求，因与淫乱，夏少康因田猎放犬逐兽，遂袭杀浇而断其头。』

女岐：即寒浇的嫂子。
缝裳：给浇缝衣裳。
馆：屋舍。馆同：同房。指浇与其嫂同房淫乱。王逸《楚辞章句》考辨说：『馆，舍也。爰，于也。言女歧与浇淫佚，为之缝裳，于是共舍而宿之也。』
颠易：错砍了。
厥首：其头，这里指女歧的头。
亲：自身，指浇。
逢殆：遭殃。王逸《楚辞章句》认为：『逢，遇也。殆，危也。言少康夜袭得女歧头，以为浇，因断之，故言易首遇危殆也。』

汤谋易旅，何以厚之？
覆舟斟寻，何道取之？
桀伐蒙山，何所得焉？
妹嬉何肆，汤何殛焉？
舜闵在家，父何以鳏？
尧不姚告，二女何亲？

注释

汤：『康』之误，指少康。一作浇，寒浞的儿子。
谋：策划。
易：整顿。
旅：军队。
厚：壮大。王逸《楚辞章句》考辨说：『言殷汤欲变易夏众，使之从己，独何以厚待之乎。』朱熹《楚辞集注》认为：『汤与上句过浇，下句斟寻事不相涉，疑本康字之误，谓少康也。』闻一多《楚辞校补》指出：『上下文皆言浇事，此不当忽及汤。牟廷相谓汤为浇之讹字，是矣。』
覆舟：翻船，这里指失败，被消灭。
斟寻：与夏同姓的诸侯国。《左传·哀公元年》载：『夏相失国后，先后逃往斟寻、斟灌两国。浇攻灭二斟，杀夏相。』王逸《楚辞章句》考辨说：『斟寻，国名也。言少康灭斟寻氏，奄若覆舟，独以何道取之乎。』似不通，可备一说。
道：办法。这两句的意思是说，寒浞既能轻易地消灭斟寻，少康又是用什么办法战胜他的呢？
桀：夏朝最后一个国君。
蒙山：古国名。传说桀攻伐蒙山，得二女琬和琰，便把元妃妹（mò莫）嬉抛弃在洛，妹嬉与伊尹私通，并与商勾结灭了夏。王逸《楚辞章句》考辨说：『桀，夏亡王也。蒙山，国名也。言夏桀征伐蒙山之国而得妹嬉也。』可备一说。
妹嬉：夏桀的妃子。
肆：放肆、过错的意思。

汤：即商汤，商朝的开国国君。

殛（jí既）：惩罚。王逸《楚辞章句》考辨说：『言桀得妹嬉，肆其情意，故汤放之南巢也。』《列女传·夏桀末喜传》载，商汤灭夏，桀与妹嬉都被流放，后死于南巢。

舜：古帝名，继尧为君，号有虞氏，又称虞舜。

闵（mǐn敏）：忧愁、苦恼。

父：指舜的父亲瞽（gǔ谷）叟。

鳏（guān观）：没有妻子的人、光棍。王逸《楚辞章句》考辨说：『无妻曰鳏。言舜为布衣，忧闵其家。其父顽母嚚，不为娶妇，乃至于鳏也。』传说中舜的父亲、后母和弟弟虐待他，三十岁了还不给他娶妻。

尧：即古帝唐尧。

不姚告：为不告姚的倒装。王逸《楚辞章句》考辨说：『姚，舜姓也。言尧不告舜父母而妻之，如令告之，则不听，尧女当何所亲附乎？一云女何所亲。』姚，虞舜的姓，这里指舜家。传说中尧把两个女儿嫁给舜时，没有与舜家商量。

二女：即尧的两个女儿娥皇、女英。

亲：成亲。这两句的意思是说尧不把结亲的事告诉舜的父母，他的两个女儿怎能与舜成亲。

厥萌在初，何所亿焉？
璜台十成，谁所极焉？
登立为帝，孰道尚之？
女娲有体，孰制匠之？

注释

厥：其，这里指事物。

萌：萌芽。

何所：谁能。

亿：通『臆』，预料。王逸《楚辞章句》认为：『言贤者预见旋行萌芽之端，而知其存亡善恶所终，非虚億也。億一作意。』

璜（huáng黄）台：玉台。

十成：十层，指商纣王建造了十层玉台。王逸《楚辞章句》考辨说：『璜，石次玉者也。言纣作象箸而箕子叹，预知象箸必有玉杯，玉杯必盛熊蹯豹胎，如此必崇广宫室。纣果作玉台十重，糟丘酒池，以至于亡也。』

极：尽，指看到了结果。

登立：登位。立同『位』。本句是指女娲登位称帝。

孰道：根据什么理由、什么原则。王逸《楚辞章句》认为：『言伏羲始画八卦，修行道德，万民登以为帝，谁开导而尊尚之也。』王逸之说误将女娲登位称帝当作伏羲登位称帝了。

尚之：崇尚她、推举她。之，指女娲。

有体：指传说中女娲有人面蛇身的奇异体形。

制匠：制造。王逸《楚辞章句》考辨说：『传言女娲人头蛇身，一日七十化，其体如此，谁所制匠而图之乎。』

传说女娲用黄土造出人类。这两句是问女娲的身体又是谁制造出来的呢？

舜服厥弟，终然为害。
何肆犬体，而厥身不危败？
吴获迄古，南岳是止。
孰期去斯，得两男子？

注释

服：服从。王逸《楚辞章句》指出：『服，事也。言舜弟象旋行无道，舜犹服而事之，然象终欲害舜也。』

弟：指舜的弟弟象。传说舜的生母早亡，其父瞽叟娶后妻生下象。舜虽对父、后母和弟象很好，却一再遭到他们三人的合谋陷害。

肆：肆虐。

犬体：狗，像狗一样。这里指象凶狠如恶狗。

厥身：本身，指象。王逸《楚辞章句》考辨说：『言象无道，肆其犬豕之心，烧廪填井，欲以杀舜，然终不能危败舜身也。一云何得肆其犬豕，一云何肆犬豕。』

吴：古代诸侯国。

迄古：终古、长久。迄，止也。王逸《楚辞章句》认为：『获，得也。迄，至也。古，谓古公亶父也。言吴国得贤君，至古公亶父之时而遇太伯，阴让避王季，辞之南岳之下采药，于是遂止而不还也。』

南岳：指南方。

止：居留。这里是立国的意思。

期：预见、预期。王逸《楚辞章句》考辨说：『期，会也。昔古公有少子曰王季，而生圣子文王，古公欲立王季，令天命及文王。长子太伯及弟仲雍去而之吴，吴立以为君。谁与期会而得两男子。两男子，谓太伯、仲雍也。去一作夫。』

去斯：这种情况。

两男子：只因为有两位贤君，指大伯、仲庸。传说大伯、仲庸看出自己的父亲要把君位传给三弟季厉，就主动逃避到江南，得到当地人的拥护，而建立了吴国。

缘鹄饰玉，后帝是飨。
何承谋夏桀，终以灭丧？
帝乃降观，下逢伊挚。
何条放致罚，而黎服大说？

注释

缘：装饰。

鹄（hú胡）：天鹅。

饰玉：装饰玉的鼎。

后帝：指商汤。

飨（xiǎng享）：吃。王逸《楚辞章句》考辨说：『后帝，谓殷汤也。言伊尹始仕，因缘烹鹄鸟之羹，修玉鼎，以事于汤。汤贤之，遂以为相也。』这两句的意思是说伊尹因善烹调而得到商汤的重用，曾受商汤之命打入夏朝做过夏桀的大臣，与汤里应外合，灭掉夏桀。

降观：出巡。

伊挚：伊尹的名字。王逸《楚辞章句》指出：『挚，伊尹名也。言汤出观风俗，乃忧下民，博选于众，而逢伊尹，举以为相也。』

条：鸣条，地名，即传说中商汤打败夏桀的地方。

放：流放、放逐。

致罚：给予惩罚。

黎：黎民百姓。

服：九服，指各方诸侯。

说：通『悦』，高兴。王逸《楚辞章句》考辨说：『说，喜也。言汤行天之罚以诛于桀，放之鸣条之野，天下众民大喜悦也。服一作伏。』本句的意思是说民众和诸侯都很高兴，这是为什么？

简狄在台喾何宜？

玄鸟致贻女何喜，该秉季德，厥父是臧。

胡终弊于有扈，牧夫牛羊？

干协时舞，何以怀之？

平胁曼肤，何以肥之？

注释

简狄：有娀国国君的女儿，高辛帝喾的妃子。王逸《楚辞章句》考辨说：『简狄，帝喾之妃也。玄鸟，燕也。贻，遗也。言简狄侍帝喾于台上，有飞燕堕遗其卵，喜而吞之，因生契也。一云帝喾何宜，贻一作诒，喜一作嘉。』

该：通『亥』。这里指王亥，殷人的远祖，契的六世孙。

秉：继承。

季：即冥，亥的父亲。

臧：善良。本句的意思是说亥和他的父亲一样善良。王逸《楚辞章句》考辨说：『臧，善也。言汤能包持先人之末德，修其祖父之善业，故天佑之，以为民主也。』

有扈（hù户）：『有易』之误。有易，传说中的古国名。传说亥在有扈放牧牛羊，因淫乱，被有易国君绵臣杀死，牛羊被夺走。王逸《楚辞章句》考辨说：『有扈，浇国名也。浇灭夏后相，相之遗腹子曰少康，后为有仍牧正，典主牛羊，遂攻杀浇，灭有扈，复禹旧迹，祀夏配天也。』

牧夫牛羊：失去了放牧的人和牛羊。

干：盾牌。

协：和谐。传说亥在有易持盾跳舞。

怀：诱惑。本句的意思是说怎么能引诱有易之女呢？王逸《楚辞章句》考辨说：『怀，来也。言夏后相既失天下，少康幼小，复能求得时务，调和百姓，使之归己，何以怀来之也。』可备一说。

平胁：形容女人长得丰满。

曼肤：形容女人皮肤细嫩。曼，润泽。

肥：通『妃』。王逸《楚辞章句》指出：『言纣为无道，诸侯背畔，天下乘离，当怀忧癯瘦，而反形体曼泽，独何以能平胁肥盛乎。一本平上有受字。』本句的意思是说那女人长得这么漂亮又怎么能被王亥勾引上呢？

有扈牧竖，云何而逢？

击床先出，其命何从？

恆秉季德，焉得夫朴牛？

何往营班禄，不但还来？

注释

有扈：有易。

牧竖：牧人。王逸《楚辞章句》考辨说：『言有扈氏本牧竖之人耳，因何逢遇而得为诸侯乎？一曰：其爱何逢。一曰：其云何逢。』洪兴祖《楚辞补注》指出：『竖，童仆之未冠者。』

逢：遇到。指有易的牧羊人碰见王亥和有易之女通奸。

击床：在床上击杀王亥。

先出：先动手。本句的意思是说乘其不备把王亥击杀在床上。

其命：这个命令。

何从：从何，出自何人。

恒：王恒，王亥之弟。

朴牛：大牛，这些大牛。王逸《楚辞章句》考辨说：『朴，大也。言汤常能秉持契之末德，修而弘之，天嘉其志，出田猎得大牛之端也。』可备一说。

往营：去有易国。营，指有易国。

班禄：颁赐爵禄。

还来：回来。这两句的意思是说为什么王恒去有易国颁赐爵禄有去无回呢？传说王恒假借到有易国颁赐爵禄，以便趁机要回被有易抢走的王亥的牛羊，但他一去不返。

昏微遵迹，有狄不宁。

何繁鸟萃棘，负子肆情？

眩弟并淫，危害厥兄。

何变化以作诈，而后嗣逢长？

注释

昏微：王亥之子甲微。传说他当了殷国国君之后，借助河伯的军队攻伐有易，灭之，杀其君绵臣。

迹：指前辈足迹。王逸《楚辞章句》考辨说：『遵，循也。迹，道也。言人有循暗微之道，为淫妖夷狄之行者，不可以安其身也。谓晋大夫解居父也。遵一作循。』

有狄：即有易。

繁鸟：众鸟。

萃棘：聚集在荆棘丛中。此句是男女情事的隐语。

负子：对不起儿子。本句的意思是说甲微瞒着儿子与媳妇纵情。

眩（xuán 玄）弟：淫乱的弟弟。

并淫：同样淫乱。

作诈：行为奸诈。

后嗣：后代。

逢长：兴旺久长。逢，通『丰』。

成汤东巡，有莘爰极。

何乞彼小臣，而吉妃是得？

水滨之木，得彼小子。

夫何恶之，媵有莘之妇？

汤出重泉，夫何辠尤？

不胜心伐帝，夫谁使挑之？

注释

成汤：商汤，商朝的开国国君。

有莘：古国名。

爰极：乃至。王逸《楚辞章句》考辨说：『爰，于也。极，至也。言汤东巡狩，至有莘国，以为婚姻也。』

小臣：指伊尹。王逸《楚辞章句》考辨说：『小臣，谓伊尹也。言汤东巡狩，从有莘氏乞匄伊尹，因得吉善之妃以为内辅也。』

吉妃：美好的配偶，好妃子。传说商汤了解伊尹是个人才，三次派人往聘，有莘国君都不给。汤于是要求娶有莘的女儿，有莘国君很高兴，就把伊尹作为陪嫁的奴隶送给了汤。

木：树，传说中的一种空心桑树。

小子：小孩，指伊尹。《吕氏春秋·本味篇》载：伊尹的母亲住在伊水边，怀孕时梦见神告诉她，石臼（jiù 就）出水就往东跑，不要回头。第二天，果然看见石臼出水，她就往东跑，跑了十里，忍不住回头看了一眼，后面一片汪洋，全被洪水淹没，她自己因忘了神的嘱托而变成了一颗空心桑树。有莘国的一个女人在采桑时在空心桑树中捡到了一个婴儿，因觉得惊奇把他送给国君，国君命厨师抚养。因婴儿的母亲原住在伊水边，所以取名叫伊尹。王逸《楚辞章句》考辨说：『言伊尹母妊身，梦神女告之曰：「臼灶生蛙，亟去无顾。」居无几何，臼灶中生蛙，母去东走，顾视其邑，尽为大水，母因溺死，化为空桑之木。水干之后，有小儿啼水涯，人取养之。既长大，有殊才。有莘恶伊尹从木中出，因以送女也。」

恶（wù误）之：有莘国君看不起伊尹。

媵（yìng应）：陪嫁的奴隶。

有莘之妇：国君的女儿。

汤出：汤被送到重泉拘禁。

重泉：古地名。王逸《楚辞章句》考辨说：「重泉，地名也。言桀拘汤于重泉而复出之，夫何用罪法之不审也。」

辠尤：罪过。辠，同「罪」。

不胜心：心中无法忍受。

帝：夏桀。

挑之：挑唆。本句的意思是说难道是什么人挑唆。王逸《楚辞章句》考辨说：「帝，谓桀也。言汤不胜众人之心，而以伐桀，谁使桀先挑之也。挑一作祧。」

会鼂争盟，何践吾期？
苍鸟群飞，孰使萃之？
到击纣躬，叔旦不嘉。
何亲揆发足，何周之命以咨嗟？

注释

会鼂（cháo巢）：会盟那天，指甲子日。鼂，同「朝」，日子。《史记·周本纪》载周武王伐纣，二月甲子日，八百诸侯在盟津会和誓师，当日攻下殷都。

争盟：指各路诸侯争先恐后赶去会盟。

何践：（各路诸侯）如何履行。践：履行、实践。

吾期：周武王确定的会盟的日期。王逸《楚辞章句》考辨说：「言武王将伐纣，纣使胶鬲视武王师，胶鬲问曰：「欲以何日至殷？」武王曰：「以甲子日。」胶鬲还报纣。会天大雨，道难行，武王昼夜行。或谏曰：「雨甚，军士苦之，请且休息。」武王曰：「吾许胶鬲以甲子日至殷，今报纣矣，吾甲子日不到，纣必杀之，吾故不敢休息，欲救贤者之死也。」遂以甲子日朝诛纣，不失期也。一作会鼂请盟。」

苍鸟：苍鹰，这里用苍鹰比喻将士勇猛。

萃：汇集、聚集。王逸《楚辞章句》指出：「苍鸟，鹰也。萃，集也。言武王伐纣，将帅勇猛，如鹰鸟群飞，谁使武王集聚之者乎？」

到击：反击。到，即「倒」。王逸《楚辞章句》考辨说：「到一作列。到读作倒，倒击云者，言殷之诸侯背纣而倒戈击商也。到，盖倒字之脱。」

躬：同「竆」，即宫的分别字，心思、想法之义。本句是指周武王有反击纣王的不成熟的想法，所以周公旦不赞许。《天问》中的「躬」都不能解作「身体」，这个「躬」都为宫的分别字「竆」，心思、想法的意思。1973年长沙马王堆汉墓出土的帛书《周易》中，出现了四个「竆」字。据任俊华考证，这个「竆」字通行本写作「躬」是不对的，它是「宫」

的分别字，专指人的心思、思想，不是指人的身体。（见任俊华：《官的分别字与〈周易〉爻辞新解》，《周易研究》1994年第2期）本句从后文「叔旦不嘉」文字可知，周公旦不赞许的是周武王的想法，而非身体，故「躬」为「躳」字无疑矣！

叔旦：周公，姓姬名旦，武王的弟弟。

不嘉：不赞许。周公旦认为反击殷纣王的想法还不成熟，所以不赞许。洪兴祖《楚辞补注》引《六韬》说：「武王东伐，至于河上，雨甚雷疾。周公旦进曰：「天不佑周矣！」意者，吾君德行未备，百姓疾怨耶？故天降吾灾，请还师？」认为还击殷纣王的时机还不成熟，天打雷下雨正是上天给周武王的还师忠告。王逸《楚辞章句》考辨说：「旦，周公名也。嘉，善也。言武始至孟津，八百诸侯不期而到，皆曰纣可伐也。白鱼入于王舟，群臣咸曰：休哉。周公曰：虽休勿休。故曰叔旦不嘉也。」

亲：亲自。

揆发：帮武王谋划伐纣。揆，度量，引申为谋划。发，姬发，即武王。

足：实现、完成。

周之命：周的统一大业，周夺取政权的大业。王逸《楚辞章句》考辨说：「言周公于孟津揆度天命，发足还师而归，当此之时，周之命令已行天下，百姓咨嗟，叹而美之也。一无何字，一云周命咨嗟。」

咨嗟：叹息，反而叹息。

授殷天下，其位安施？
反成乃亡，其罪伊何？
争遣伐器，何以行之？
并驱击翼，何以将之？

注释

授殷：上帝授给殷王朝。

位：王位。

安施：是根据什么授予的。王逸《楚辞章句》考辨说：「言天始授殷家以天下，其王位安所施用乎。善施者若汤也。位一作德。」

反：等到。

乃：又。

其罪：指殷王朝的罪过。王逸《楚辞章句》考辨说：「言殷王位已忧，反覆亡之，其罪惟何乎。罪若纣也。乃一作及。」

遣：派遣。

伐器：作战的武器，指军队。王逸《楚辞章句》指出：「伐器，攻伐之器也。言武王伐纣，发遣干戈攻伐之器，争先在前，独何以行之乎？」

行：进行。

击翼：夹击两翼。

将：率领、指挥的意思。王逸《楚辞章句》认为：「言武王三军，人人乐战，并载驱载驰，赴敌争先，前歌后舞，凫藻欢呼，奋击其翼，独何以率之也。」以上四句的意思是说武王会盟诸侯，指挥伐纣时的雄才大略。其意为殷朝末代帝王怎么不行了？

昭后成游，南土爰底。

厥利惟何，逢彼白雉？

穆王巧挴，夫何为周流？

环理天下，夫何索求？

妖夫曳炫，何号于市？

周幽谁诛？焉得夫褒姒？

注释

昭后：周昭王，西周的第四代君主。

成游：盛大规模地出游。成，通「盛」。

南土：指楚地。

爰：语气助词。

底：至，至南土。王逸《楚辞章句》考辨说：「爰，于也。底，至也。言昭王背成王之制而出游，南至于楚，楚人沉之，而遂不还也。」传说周昭王南游至楚，楚人凿其船而沉之，遂不还也。

利：贪求。

逢：迎、为了。

彼：那里的。

雉：白色的野鸡。王逸《楚辞章句》考辨说：「言昭王南游，何以利于楚乎？以为越裳氏献白雉，昭王德不能致，欲亲往逢迎之。」传说昭王末年，楚人骗他，说愿献白雉，昭王信而南游。

穆王：周穆王，西周的第五代君主。

巧挴：讲究鞭策之术。王逸《楚辞章句》指出：「挴，贪也。言穆王巧于辞令，贪好攻伐，远征犬戎，得四白狼，四白鹿，自是后，夷狄不至，诸侯不朝，穆王乃更巧词，周流而往说之，欲以怀来也。」《穆天子传》载，穆王爱好游历，讲究驾车之术，他驾着骏马，四方游玩，乐而忘返。挴，通「枚」，马鞭的意思。

周流：到处游玩。流，游。

环理天下：驱马游遍天下。理：通「履」，行。王逸《楚辞章句》考辨说：「环，旋也。言王者当道德，以来四方，何为乃周旋天下，而求索之也？」

妖夫：妖人，不三不四的人。

曳（yè 叶）：拖着、携带。

炫（xuàn 绚）：炫耀，这里指沿街叫卖。

号：大声吆喝。王逸《楚辞章句》考辨说：「号，呼也。昔周幽王前世有童谣曰：『檿弧箕服，实亡周国。』后有夫妇卖是器，以为妖怪，执而曳戮之于市也。』

周幽：周幽王，西周末代君主。

谁诛：诛谁。到底要诛杀谁？

褒姒（bāo sì 包似）：周幽王的王后。《国语·郑语》、《史记·周本纪》载：周厉王（周幽王的祖父）时，后宫一宫女碰到龙的唾沫变成的大鳖，不婚而孕。到宣王（周幽王的父亲）时，那宫女生下一个女孩，宫女害怕而抛弃。当时有童谣说：『山桑木弓，箕木箭袋，亡周的祸害。』当时恰有一对夫妇在世上叫卖桑木弓，箕木箭袋。宣王连夜叫人去抓他们，他们乘夜色逃往褒国，路上碰上了被宫女遗弃的女孩，就收养了她，取名褒姒。后周幽王讨伐褒国，褒人把褒姒献给幽王赎罪。幽王从此宠爱貌美的褒姒，不理朝政，犬戎入侵，将幽王杀死在骊山之下，周朝灭亡。王逸《楚辞章句》考辨说：『褒姒，周幽王后也。昔夏后氏之衰也，有二神龙止于夏庭而言曰：余褒之二君也。夏后布币糈而告之，龙亡而漦在，椟而藏之。夏亡传殷，殷亡传周，比三代莫敢发也。至厉王之末，发而观之，漦流于庭，化为玄鼋，入王后宫。后宫处妾遇之而孕，无夫而生子，惧而弃之。时被戮夫妇夜亡，道闻后宫处妾所弃女啼声，哀而收之，遂奔褒。褒人后有罪，幽王欲诛之，褒人乃入此女以赎罪，是为褒姒，立以为后，惑而爱之，遂为犬戎所杀也。』

天命反侧，何罚何佑？
齐桓九会，卒然身杀。

注释

反侧：反复无常。

何罚何佑：它惩罚和保佑的标准是什么？佑，通『祐』。王逸《楚辞章句》考辨说：『言天道神明，降于人之命，

反侧无常，善者佑之，恶者罚之。』

齐桓：齐桓公，齐国国君，春秋五霸之一。

九会：九次主持诸侯会盟。《史记·齐世家》记载：齐桓公任用管仲为相，国家强大，曾『兵车之会三，乘车之会六，九合诸侯，一匡天下。』

卒然：最终。

身杀：杀身。管仲死后，齐桓公重用堂巫、易牙、竖刁、开方四奸臣，造成内乱，齐桓公被软禁宫中，饥渴而死，三个月还无人收尸。王逸《楚辞章句》考辨说：『言齐桓公任管仲，九合诸侯，一匡天下，任竖刁、易牙，子孙相杀，虫流出户，一人之身，一善一恶，天命无常，罚佑之不恒也。会一作合。』

彼王纣之躬，孰使乱惑？
何恶辅弼，谗谄是服？
比干何逆，而抑沈之？
雷开阿顺，而赐封之？
何圣人之一德，卒其异方：
梅伯受醢，箕子详狂？

注释

王纣：即纣王。

躬：同『竆』，心思、思想。从下文『使乱惑』可知。受迷惑的是纣王的心和思想，并非指其身躯。此竆字为宫的分别字，详解见前文『列击纣躬』之句的解释。

乱惑：糊涂昏庸。

恶：厌恶。

辅弼：辅佐，辅佐大臣、忠臣。

服：信任。王逸《楚辞章句》考辨说：『服，事也。言纣憎辅弼，不用忠直之言，而事用谄谀之人也。』

比干：纣王的叔父。《史记·殷本纪》记载：比干因忠言直谏，被纣王剖腹剜心。王逸《楚辞章句》考辨说：『比干，圣人，纣诸父也。谏纣，纣怒，乃杀之，剖其心也。』

抑：压制。

雷开：纣王的佞臣。

顺：阿谀奉承。《吕氏春秋》：『雷开进谀言，纣赐金玉而封之。』王逸《楚辞章句》考辨说：『雷开，佞人也。阿顺于纣，乃赐之金玉而封之也。一云雷开何顺而赐封金。』

圣人：这里指纣王的贤臣梅伯、箕子等。王逸《楚辞章句》考辨说：『圣人，谓文王也。卒，终也。言文王仁圣，能纯一其德，则天下异方，终皆归之也。』联系上下文，似不通，可备一说。

一德：一样好的品德。

卒：最终、结局的意思。

异方：各不相同。

梅伯：纣王的诸侯，因多次忠言直谏被纣王杀死。

醢（hǎi海）：剁成肉酱。

箕子：纣王的叔父。传说中见梅伯直谏被杀，他便装疯。

详狂：假装疯狂，装疯。详，通『佯』。王逸《楚辞章句》考辨说：『梅伯，纣诸侯也。言梅伯忠直，而数谏纣，纣怒，乃杀之，菹醢其身。箕子见之，则被发详狂也。详一作佯。』

稷维元子，帝何竺之？
投之于冰上，鸟何燠之？
何冯弓挟矢，殊能将之？
既惊帝切激，何逢长之？

注释

稷（jì既）：后稷，名弃。

维：是。

元子：长子。传说中帝喾（kù库）的元妃姜嫄因踩着巨人的脚印心动，而怀孕生稷。帝喾以为不祥，把他丢在小巷，牛羊爱抚他；把他丢进森林，伐木人救了他；把他丢在寒冰上，大鸟用翅膀覆盖保护他。于是家人又收养了他，并取名叫弃。稷传说中是周人的始祖。他从小热爱种植，长大后教百姓种五谷。他虽未做过帝王，但后人尊他为后稷。

帝：指帝喾。

竺（zhú 竹）：通「毒」，憎恶。王逸《楚辞章句》考辨说：「竺，厚也。言后稷之母姜嫄，出见大人之迹，怪而履之，遂有娠而生后稷。后稷生而仁贤，天帝独何以厚之乎？竺，一作笃。一云帝何竺、鸟何燠，并无之字。」

燠（yù 玉）：温暖的意思。王逸《楚辞章句》考辨说：「燠，温也。言姜嫄以后稷无父而生，弃之于冰上，有鸟以翼覆盖温之，以为神，乃取而养之。《诗》曰：诞置之寒冰，鸟覆翼之。燠，一作懊。」

冯弓：拉满弓。冯，通「凭」，满的意思。

挟（xié 谐）：持。王逸《楚辞章句》考辨说：「挟，持也。言后稷长大，持大强弓，挟箭矢，桀然有殊异，将相之才，冯一作凭。」

殊：特殊才能。

将之：任将帅。

惊帝：使帝惊，惊动帝喾。

切激：厉害。

逢：大、长大。本句的意思是说怎么能长大成才。王逸《楚辞章句》认为：「言武王能奉承后稷之业，致天罚加诛于纣，切激而数其过，何逢后世继嗣之长也。惊一作敬，切一作功。」可备一说。

伯昌号衰，秉鞭作牧。
何令彻彼岐社，命有殷国？
迁藏就岐，何能依？
殷有惑妇，何所讥？
受赐兹醢，西伯上告。
何亲就上帝罚，殷之命以不救？
师望在肆，昌何识？
鼓刀扬声，后何喜？

注释

伯昌：周文王，姓姬名昌，曾被殷王朝封为雍州伯，故称西伯昌。

号：发号施令。

衰：殷朝衰败的时候，殷朝末期。

秉：执掌。王逸《楚辞章句》考辨说：「秉，执也。鞭以喻政。言纣号令既衰，文王执鞭持政，为雍州之牧也。」

鞭：比喻权柄。

牧：古代治民之官。这里指诸侯首领。

彻：拆毁。

岐：古地名，在陕西省岐山县东北。周人曾建国于此。

社：古代祭祀土地神之所，又叫社庙，立于国都，是政权的象征。周灭殷后迁都于丰（今陕西长安县西北），所以拆弃『岐社』，而建『丰社』。王逸《楚辞章句》考辨说：『社，土地之主也。言武王既诛纣，令坏邠岐之社，言已受天命而有殷国，因徙以为天下之太社也。一云：命有殷之国。』

命：天命。

有殷国：获得殷商江山。

迁藏：带着财产。《史记·周本纪》载，周的祖先本居住在豳（今陕西境内，一说是邠），为逃避戎狄部落侵扰，携家人财物迁居到岐山。

依：西山的百姓为什么能归依他呢？依，依附、归依的意思。王逸《楚辞章句》考辨说：『言太王始与百姓徙其宝藏，来就岐下，何能使其民依倚而随之也。太王一作文王。』

惑妇：指纣王宠妃妲己。《史记·殷本纪》载：『纣爱妲己，妲己之言是从。』

讥：进谏。本句的意思是说大臣们哪还有说话之地。

受：纣王的字。

兹：子的假借字。本句的意思是说纣王赐文王喝用亲子肉做的汤。传说纣王把周文王姬昌长子伯邑考杀死并煮成肉汤让周文王喝，用以试探周文王的贤愚。

西伯：周文王。

上告：向天帝控诉。王逸《楚辞章句》认为：『言纣醢梅伯以赐诸侯，文王受之以祭，告语于上天也。』可备一说。

亲：亲自，指纣王。

就：受。

命：这里指灭亡的命运。

不救：不可挽救。王逸《楚辞章句》考辨说：『言天帝亲致纣之罪罚，故殷之命不可复救也。一云上帝之罚。』

师望：吕尚，号太公望，俗称姜太公，因做过太师，故称师望。

肆：店铺。传说姜太公入周前曾经开店卖肉。

昌：姬昌，周文王。

识：了解、知道他的才能。王逸《楚辞章句》指出：『言太公在市肆而屠，文王何以识知之乎？』

鼓刀：敲刀。

扬声：发出响声。

后：帝王，此指周文王听到敲刀的声音。王逸《楚辞章句》考辨说：『后，谓文王也。言吕望鼓刀在列肆，文王亲往问之，吕望对曰：下屠屠牛，上屠屠国。文王喜载与俱归也。』

何喜：为什么高兴？

武发杀殷，何所悒？

载尸集战，何所急？

伯林雉经，维其何故？

何感天抑坠，夫谁畏惧？

皇天集命，惟何戒之？

受礼天下，又使至代之？

注释 武发：周武王，姓姬名发。

殷：指殷纣王。

悒（yì易）：愤恨，义愤填膺。

尸：灵牌。

集战：会战。《史记·周本纪》载，周文王死后不久，武王就用车载着文王的灵牌，起兵讨伐纣王。王逸《楚辞章句》考辨说：『言武王伐纣，载文王木主，称太子发，急欲奉行天诛，为民除害也。』

伯林：当作『柏树林』，指鹿台附近的柏树林。

雉经：缢死、吊死，悬挂。本句的意思是说把纣王的头悬挂在柏树上。

抑坠：动地。本句的意思是说武王伐纣感天动地。

集命：皇天降赐天命，让某姓统治天下。

戒之：对殷有何告诫。

受：指纣王。

礼：通『治』，治理。

至：通『周』，周人。

初汤臣挚，后兹承辅。

何卒官汤，尊食宗绪？

勋阖梦生，少离散亡。

何壮武厉，能流厥严？

注释 汤：商汤。

挚（zhì至）：伊尹。本句的意思是说开初汤让伊尹做个小官。

后兹：后来。

承辅：担任辅佐大臣。王逸《楚辞章句》考辨说：『言汤初举伊尹，以为凡臣耳，后知其贤，乃以备辅翼承疑，用其谋也。承一作丞。』

卒：最终。

官汤：当汤的宰相。

尊食：享受祭祀。

宗绪：宗族后嗣。这里指祖宗。《吕氏春秋·慎大揽》记载：『祖伊尹，世世享汤。』王逸《楚辞章句》考辨说：

『绪，业也。言伊尹佐汤命，终为天子，尊其先祖，以王者礼乐祭祀，绪业流于子孙。』伊尹死后享受特殊荣誉，他的牌位放进了商王朝的宗庙。

勋：功勋。

阖（hé和）：阖闾，春秋时期吴国的君主，他在位时吴国国力强盛。楚昭王十年（公元前506年），他任用孙武和伍子胥与楚国交战，一度打败楚国，占领楚国都城郢。

梦：寿梦，阖闾的祖父，吴国国君。

生：通『姓』，孙子。阖闾为寿梦嫡孙。本句的意思是说功勋卓著的阖闾是寿梦的孙子。

离：境遇。

散亡：流散逃亡之苦。王逸《楚辞章句》考辨说：『寿梦卒，太子诸樊立，诸樊卒，传弟馀祭，馀祭卒，传弟夷末，夷末卒，太子王僚立。阖庐，诸樊之长子也，次不得为王，少离散亡，放在外，乃使专诸刺王僚，代为吴王，子孙世盛。以伍子胥为将，大有功勋也。』

武厉：勇猛。

流：流传。

严：应作『庄』，汉朝避讳明帝改『庄』为『严』。威武之意。这里指曾打败过强大的楚国。能流厥严，能够让自己威名流传。

彭铿斟雉，帝何飨？
受寿永多，夫何久长？

注释

彭铿：人名。王逸《楚辞章句》考辨说：『彭铿，彭祖也。好和滋味，善斟雉羹，能事帝尧，尧美而飨食之。』传说他活到了八百多岁。

斟：烹调。

雉：野鸡。

帝：天帝。

何飨：为什么喜欢食用。

受寿：给他的寿命。

永多：很长。

长：同『怅』，惆怅。王逸《楚辞章句》考辨说：『言彭祖进雉羹于尧，尧飨食之以寿考，彭祖至八百岁，犹自悔不寿，恨枕高而唾远也。』本句的意思是说彭铿有那么长的寿命为什么还要惆怅？

中央共牧，后何怒？
蠡蛾微命，力何固？

注释

中央：指周王朝政权。

共（gōng宫）：指共伯和，人名。《史记·周本纪》引《鲁连子》：『共伯名和，好行仁义，诸侯贤之。周厉王之道，国人作难，王奔于彘（zhì至），诸侯奉和以行天子事。』

牧：治理。这里指摄政。

后：这里指周厉王。根据历史记载，周厉王死后，共伯和想篡位自立，时年大旱，卜为厉王作祟，于是周公（武王姬发弟弟周公旦的后代）与召公立厉王的长子为宣王，共伯和回到共国。

怒：指死后作祟。

螽蛾：比喻反抗周厉王的百姓。蛾，通『蚁』。

固：牢固、坚固。

惊女采薇，鹿何祐？

北至回水，萃何喜？

注释

惊女：女子惊奇。闻一多《楚辞校补》认为『惊女』应为『女惊』，『惊』读为警，指戒令女子勿采薇。可备一说。

采薇：根据历史记载，伯夷、暑期两兄弟反对武王伐纣，义不食周粟，隐居首阳山，采薇为生。一女子在野外碰到他们，说：『你们不食周粟，这也是周的草木啊！』伯夷、叔齐于是连野生的薇菜也不吃了，绝食七天，天帝派白鹿用乳汁喂养他们，但他们最后还是饿死在首阳山。

祐：保佑、保护的意思。

回水：环绕首阳山之水，这里指首阳山。

萃：同、一起的意思。本句的意思是说兄弟二人为何乐意一起隐居在这里呢？

兄有噬犬，弟何欲？

易之以百两，卒无禄？

注释

兄：秦景公，秦国国君。

噬（shì事）：咬人的恶狗。

弟：指秦景公的弟弟鍼（qián前）。

欲：想弄到手。

两：通『辆』，车辆的意思。

卒：结果。

无禄：失掉爵禄。传说鍼用百辆车换秦景公的猛犬，未成，后鍼逃到了晋国，连爵位也失去了。

薄暮雷电，归何忧？

厥严不奉，帝何求？

伏匿穴处，爰何云？
荆勋作师，夫何长？
悟过改更，我又何言？

注释

薄暮：傍晚。

归：离开朝廷回归家里。屈原比喻自己回归自然，不问政事。

忧：指对国事的担忧，对朝廷的留恋。

厥严：其严，指楚国的威严。

不奉：不存在。

何求：还祈求天帝有何用？王逸《楚辞章句》考辨说：『言楚王惑信谗佞，其威严当日堕，不可复奉成，虽从天帝求福，神无如之何。』

伏匿：隐藏。本句说他过着流放的生活。

何云：对国事还有什么话说。

荆：荆楚，楚国别名。这里指楚王。

作师：兴兵打仗。说楚王动辄兴兵打仗，民不聊生，国家命运怎能长久。王逸《楚辞章句》考辨说：『初，楚边邑之处女，与吴边邑之处女争桑于境上，相伤，二家怒而相攻，于是楚为此兴师，攻灭吴之边邑，而怒始有功。时屈原又谏，言我先为不直，恐不可久长也。』可备一说。

悟过：假若楚王能悔悟。

何言：何必多讲呢？王逸《楚辞章句》考辨说：『欲使楚王觉悟引过自与，以谢于吴，不从其言，遂相攻伐。言祸起于细微也。悟一作寤。』

吴光争国，久余是胜。
何环穿自闾社丘陵，爰出子文？
吾告堵敖以不长。
何试上自予，忠名弥彰？

注释

吴光：吴国的公子姬光，即吴王阖闾。王逸《楚辞章句》考辨说：『光，阖闾名也。言吴与楚相伐，至于阖闾之时，吴兵入郢都，昭王出奔，故曰吴光争国，久余是胜。言大胜我也。』

争国：指吴楚战争、争夺地盘。

久：长期、一直。

余：我们，指楚国。这两句的意思是说吴楚之战，一直都是吴国胜利。

环穿：环绕穿过。

闾：古代二十五家为一闾。这里指村子。

社：祭祀土地神的地方。这里也是指男女幽会经过的村子。

出：生。

子文：楚成王的贤相。《左传·宣公四年》记载，楚先王若敖的儿子斗伯曾寄住在舅家郧（yún云）国，与郧国国君的女儿私通，生下子文。郧国夫人让把婴儿扔在湖边，却有老虎来给婴儿哺乳。郧君打猎见到，很是恐惧。回来后，夫人告诉他事情的原委，于是将婴儿捡回来收养，后来就是令尹子文。这两句的意思是说斗伯绕过村子，穿过丘陵与郧女私通怎么能生下子文这样的贤人？王逸《楚辞章句》考辨说：『子文，楚令尹也。子文之母，郧公之女，旋穿闾社，通于丘陵以淫，而生子文。弃之梦中，有虎乳之，以为神异，乃取收养焉。楚人谓乳为榖，谓虎为于菟，故名斗榖于菟，字子文，长而有贤仁之才也。一云，何环闾穿社，以及丘陵，是淫是荡，爰出子文。』

告：说。

堵敖：楚文王之子熊囏（jiān兼），文王死后继楚王位，在位五年，被其弟楚成王熊恽所杀。王逸《楚辞章句》考辨说：『堵敖，楚贤人也。屈原放时，语堵敖曰：楚国将衰，不复能久长也。』可备一说。

不长：在位时间不长。

试：应为『弑』，杀的意思。

上：指熊囏。

予：把王位给予自己。这两句的意思是说熊恽杀兄篡位为何还忠名远扬？

精译

请问：关于远古开端的情况，
是谁传述下来的？
天地未成形时，
是根据什么考察出来的？
昼夜未分时混沌一片，
谁能弄得清楚？
大气混沌一团，
凭着什么来分辨明白？
白天明亮、夜晚暗淡，
这是谁造成的呢？
阴阳结合天、地，而有生命，
哪是本体，哪是功用？
天圆而有九层，
那是谁营造的呢？
这是怎样的功绩，
是谁最初造作的呢？
天体旋转的绳子系在哪里？
天上的南极北极各架在什么地方？

天中央和八方的边界，
安放在何处，又是怎样联系的？
天的边角弯曲处很多，
谁知道它的具体数目？
天在哪里与地会合？
黄道周天的十二等分是怎样划分的？
日月怎样附着在天体上？
众星又怎样陈列在天空？
日光从旸谷升起，
晚上又栖宿在蒙汜。
从天亮到天黑，
它到底走了多少路程？
月亮何德何能，
居然能死而复生？
月亮有哪般好处，

将玉兔养在它腹中？
女歧之神没有夫君，
她如何能生下九个儿子？
伯强瘟疫鬼住在什么地方？
天帝之间的祥和之气来自何方？
天上哪扇门关闭天就黑了？
哪扇门开了天就亮了？
天门还没有透露亮光之时，
太阳藏身在何处？
鲧既不能治水之职，
大家为什么还要推荐他呢？
大家都说：『不必担忧，
为什么不让他实验一下呢？』
鸱鸟和大龟弄走土石，
鲧为什么听任它们去破坏治水工程呢？

帝尧为什么对他施刑？
鲧长期被囚禁在羽山上，
为什么多年不释放？
伯禹从鲧腹中生出来的，
为何与鲧有不同的表现？
伯禹继续鲧的事业，
完成鲧开始的工作，
为何二人前后治理洪水，
做法不一样呢？
洪水极深，
伯禹用什么把它填平？
伯禹把土地定为九等，
他是依据什么划分的呢？
应龙来帮忙，怎样用尾巴划地的？
河海是怎样随着应龙的规划而流的？
鲧做了些什么？

伯禹有什么成就？
共工发怒，
地为什么就向东南倾斜呢？
九州地势交错纵横，伯禹怎样划定？
河川溪谷又是怎样挖成的？
百川都向东流，水为何不会溢出来？
谁能知道其中的缘故？
地的东西和南北，谁短谁长？
南北比东西短形成椭圆，
它的差距有多大呢？
昆仑山顶与天相通的地方，
它的居处在哪里呢？
山上还有层城九重，
它的高度有多少里呢？
昆仑山上四周有大门，
谁在其中出入呢？

西北方的门是开启着的，
什么风从那儿流出？
哪里太阳照射不到？
烛龙又怎么把那里照亮？
羲和还未举鞭把太阳的车子开动，
为什么若木能放出光芒？
什么地方冬天温暖？
什么地方夏天严寒？
哪有石生成林？
什么动物能说人话？
哪有无角的虬龙，
背负黑熊去嬉戏游玩？
雄蟒有九个头，
它倏来忽往，住在哪里？
哪儿有人长生不死？
长人守卫在什么地方？

蘼萍浮草生在九交之道，
枲华重麻在哪儿落根生长？
一条巴蛇可以吞下大象，
它的肚子究竟有多大？
黑水能够染黑脚趾头，
三危山在什么地方？
有长生不死的人，
寿命活到几时方休？
鲮鱼生长在何处？
鬿雀住在什么地方？
后羿怎么射落太阳？
太阳里的金乌为什么脱落羽毛？
伯禹治水献出了功绩，
他下去视察到过天下四方，
在哪里得到涂山氏的女子，
与她在台桑交配？

伯禹爱怜涂山氏女与她婚配，
这是为了后继有人。
为什么伯禹的爱好与众不同，
不像常人那样贪图男女之欢呢？
夏帝启取代了伯益作了国君，
突然遭到了被囚的灾祸。
为什么夏启遇到忧患，
还能够在拘禁中顺利逃脱？
伯益搞厌胜之术，
也没有伤害到夏启的心。
为什么伯益要搞厌胜之术，
伯禹却又显灵护子？
夏启屡次献美女给天帝，
得到了天上的仙乐《九辩》和《九歌》。
为什么大禹母亲裂胸生子，
死后还身首异处？

天帝派后羿降临人间，
革除夏民的灾患。
后羿为什么要射瞎河伯，
又强娶洛神为妻？
拉开宝弓扣动扳机，
后羿射杀了大野猪。
为什么后羿献上上等的野猪肉，
天帝并不领情呢？
后羿之相寒浞欲娶后羿之妻纯狐，
诱惑纯狐与其同谋。
为什么后羿能射透七层皮革，
最后也被他们合谋丧命？
鲧被放逐西行到羽山，
如何翻越高山峻岭？
鲧变成黄熊之时，
神巫又怎样使他复活？

鲧教百姓播种黑黍，
把原来生长水草的土地都耕成良田。
为什么要将鲧放逐远方，
难道鲧的罪行竟然这样严重？
云气缠绕的白蜺，
为什么要来到崔文子的厅堂？
王子乔怎么盗得灵药，
为什么不好好珍藏？
阴阳消长是自然规律，
阳气消逝人就会死亡。
王子乔变成大鸟为何而鸣，
他原来的身体又去了什么地方。
雨神萍翳呼号一声就会落雨，
那云雨又是怎么形成的呢？
风伯有雀头鹿身的体型，
这种奇怪的体型又怎么来的呢？

巨鳌背着大山却四足移动，
大山何以能如此安稳？
巨人舍去船而在陆地上行走，
怎么能从水中把六鳌钓出？
寒浇到嫂子家，
又有什么事情求嫂子帮忙呢？
为什么夏少康放狗打猎，
却能砍下寒浇的头？
寒浇之嫂女歧为其缝衣，
晚上却要同房歇息。
为什么少康错砍了女歧之头，
寒浇也因淫佚而身遭女艾毒手？
少康谋划整顿军队，
他又如何使部队力量壮大？
寒浇既然能消灭斟寻国，
少康又是用什么办法战胜他？

夏桀讨伐蒙山国，
他从那里得到了什么？
妹嬉有什么过分的地方，
商汤要将她惩罚？
舜在家为婚姻发愁，
他的父亲为什么不让他结婚？
唐尧事先没有告诉舜家，
何以能将二女下嫁？
事物萌芽就有征兆，
但将来如何谁又能够预料它？
殷纣王建起十层玉台，
谁能知道将来如何？
伏羲登上帝位，
又是依据什么？
女娲人面蛇身的体型，
是谁将她搞成这样？

虞舜对弟弟象那么和顺，
为什么象还是要害他？
为什么象的心像恶狗一样，
他的身体却没有任何损害？
吴国能够拥有悠久的历史，
并在南方立国。
谁能预料到这种情况，
难道只是因为得到了太伯和虞仲两位贤相？
大禹用天鹅美味和玉鼎祭器，
把精美肉肴供奉给天帝。
为什么受他庇佑的夏桀，
却落得国破身亡的下场？
商汤到民间视察，
在下面遇到了伊尹。
为什么把夏桀放逐到鸣条，
民众和诸侯会那么高兴？

简狄住在九层高的瑶台之上，
帝喾怎么会看中她？
凤凰送来了聘礼，
简狄为什么那么欢喜？
王亥秉承父亲的贤德，
效法父亲的善良，
为什么最后被杀害在有易，
失去牧人和牛羊？
王亥举着盾牌起舞，
为什么会迷倒有易的姑娘？
丰满肤嫩的有易姑娘，
怎么长得如此丰腴漂亮？
有易的牧人发现二人私通，
这种事又怎么能够被他碰上？
先动手杀王亥在床，
这杀王亥的命令又出自何方？

王亥之弟王恒继承父亲美德，
从哪里得到那些大牛？
为什么王恒到有易钻营爵禄，
一去就不再回来？
王亥之子甲微学父有模有样，
有易国从此不再安宁；
为何群鸟聚集在棘丛中看见，
甲微背子奸淫儿媳。
甲微的弟弟同样淫乱，
奸淫嫂子谋害兄长。
为何这等变化无常行为奸诈之人，
后代反而兴旺久长？
成汤到东部巡视，
一直走到有莘这个地方；
为何他只想要奴隶伊尹，
却又得到了贤惠的姑娘？

伊水旁的空心桑树上，
有莘女子见到小伊尹抚养；
为什么有莘国君不喜欢伊尹，
把他作为女儿的陪嫁送给商汤？
商汤从被囚在重泉逃出，
他因何得此祸殃？
商汤愤怒难抑攻打夏桀，
是谁挑拨使他这样？
甲子日八百诸侯会盟誓师，
他们为何能遵守武王的约期？
将帅勇猛，如群鹰成群飞翔，
是谁使他们集合在一起？
周武王反击纣王的不成熟想法，
得不到周公旦的赞同。
为什么周公旦亲自帮周武王谋划兴兵伐纣，
奠定周朝基业后又叹息惆怅？

上天将天下授予殷商，
这王位又是按照什么原则授予？
商成功却又走向了灭亡，
它的罪过又在什么地方？
周武王使大家争相派兵讨伐殷商，
他又是依靠了什么力量？
大军并驾齐驱左右夹击，
武王如何率领指挥？
周昭王实现出游的愿望，
一直走到南方。
他到底想得到什么，
难道只是为了那美丽的野鸡？
周穆王善于策马，
到底为了什么四处周游？
驱马游遍天下，
到底是要寻找什么？

那对不三不四的夫妇抱着什么，
在市上炫耀叫卖？
周幽王讨伐了哪里？
怎么会得到褒姒？
天命反复无常，
惩罚和保佑都是依据什么？
齐桓公九次主持诸侯会盟，
为什么最后又被诛杀？
那殷纣王的心，
到底是被谁迷惑？
他为何厌恶辅佐他的忠臣，
却偏爱邪恶谄谀的小人？
比干究竟哪里得罪了他，
却遭到剜心的处罚？
雷开怎么讨好了他，
得到封官进爵的赏赐？

为何圣人有同样的美德，
最后结果却各不一样？
梅伯直谏被剁成肉酱，
箕子装疯躲开纣王。
后稷是帝喾的长子，
帝喾为何憎恶他？
帝喾将后稷扔到冰上，
为什么大鸟飞来温暖他？
为什么后稷会挟弓射箭？
他有什么特殊才能？
他既然使帝喾大惊不安，
又怎么能活得久长？
周文王姬昌施号令于殷商末年，
执掌大权为诸侯统领。
是谁叫他把岐山社庙拆毁，
承受天命代替殷商？

周祖先太王携带宝藏迁到岐山之下，
为什么老百姓都归依于他？
殷纣王宠爱迷人的妲己，
又怎么能劝谏他？
殷纣王迫使文王去喝儿子的肉做成的汤，
文王愤怒地向天帝告状？
为什么纣王受到上帝的惩罚，
而殷商的命运因此不能挽救？
太公望还在肉铺里屠牛卖肉，
周文王如何能识得他的才能？
听到太公操刀砍肉之声，
周文王为什么那么高兴？
周武王姬发去杀殷纣王，
为什么会那样愤怒？
载着周文王的灵牌去攻伐，
为什么要这样心急？

将纣王的尸体挂在柏树林上，
到底是为了什么缘故？
武王伐纣感天动地，还有谁值得畏惧？
殷商得天命治理天下，
对殷商又有什么告诫？
既然天下已让殷商统治，
又为何让周王朝取代它？
起初成汤只让伊尹做了小官，
后来又让他做了辅佐大臣。
为什么他能做成汤的宰相，
死后得以在殷商宗庙祭祀配享？
功勋卓著的吴王阖闾是寿梦的孙子，
他在年少时就遭到了离散逃亡的祸殃。
为什么成年后他威武严厉，
能够让自己威名远播？
彭祖煮好的野鸡汤，

帝尧为什么喜欢食用？
给了彭祖那么长的寿命，
为什么彭祖还要惆怅？
周王朝政权共伯和统治，
为什么周厉王的鬼魂作祟？
反抗周厉王的百姓如蜂蚁生命弱小，
为什么团结的力量如此坚固？
采薇的女子感到惊讶，
为什么白鹿还对伯夷、叔齐加以庇护？
在首阳山这么偏僻的北方，
伯夷、叔齐为什么乐意一起隐居在这里？
哥哥齐景公有猛犬，
弟弟公子鍼为什么也想得到它？
他用百辆车去交换，
为什么最后连爵禄也丢了？
黄昏时分雷电交加，

回去能有什么忧烦呢？
楚国屡吃败仗，威严不再有。
我祈求上苍，又有什么用？
我被流放，躲藏在山洞里，
还能对国事说些什么？
楚怀王追求功勋，兴兵黩武，
国运如何能够长久？
只要楚怀王觉悟自新，
我又何必多说呢？
吴王阖闾与我楚国争夺国土，
为什么常常能够取胜。
子文的父亲斗伯与郧国国君的女儿私通，
怎么会生出才能出众的楚国令尹子文？
我已预料楚怀王的生命如堵敖一样不会长久，
为什么楚成王杀君自立，
反而会获得忠直名声呢？

评点 《天问》是屈原的第二首长篇诗歌杰作。屈原在流放期间，忧国忧民，上下求索，奋笔写成《天问》。全诗提出了一百七十多个问题，内容涉及天文地理、神话传说、政治哲学、伦理道德等，充分体现了诗人渊博的学识和苦苦追求真理的可贵精神。戴震《屈原赋注》认为：『问，难也。天地之大，有非恒情所可测者，设难以问之。』王逸《楚辞章句》考辨说：『《天问》者，屈原之所作也。何不言问天？天尊不可问，故曰天问也。屈原放逐，忧心愁悴，彷徨山泽，经历陵陆，嗟号昊旻，仰天叹息，见楚有先王之庙及公卿祠堂，图画天地山川神灵，琦玮僪佹，及古贤圣怪物行事，周流罢倦，休息其下，仰见图画，因书其壁，何而问之。以渫愤懑，舒泻愁思，楚人哀惜屈原，因共论述，故其文义不次序云尔。』

哀郢

皇天之不纯命兮，何百姓之震愆？
民离散而相失兮，方仲春而东迁。
去故乡而就远兮，遵江夏以流亡。
出国门而轸怀兮，甲之鼂吾以行。
发郢都而去闾兮，怊荒忽其焉极？
楫齐扬以容与兮，哀见君而不再得。
望长楸而太息兮，涕淫淫其若霰。
过夏首而西浮兮，顾龙门而不见。
心婵媛而伤怀兮，眇不知其所蹠。
顺风波以从流兮，焉洋洋而为客。
凌阳侯之泛滥兮，忽翱翔之焉薄？
心絓结而不解兮，思蹇产而不释。

注释

哀郢（yǐng 颖）：《九章》中的一篇。哀郢，哀悼郢都。郢，楚国国都。

皇天：上天。

不纯命：不正常。指喜怒无常。

百姓：在先秦指贵族，这里包括人民。

震愆（qiān 签）：遭受罪过，遭殃。愆，罪过。王逸《楚辞章句》分析说：『震，动也。愆，过也。言皇天不纯一其施，则万物夭伤；人君不纯一其政，则百姓震动以触罪也。』

离散：妻离子散。

相失：家破人亡。

仲春：农历二月，刑德合会嫁娶之时。王逸《楚辞章句》考辨说：『仲春，二月也。刑德合会，嫁娶之时。言怀王不明，信用逸言而放逐己，正以仲春阴阳会时，徙我东行，遂与室家相失也。一无「方」字。』

东迁：逃往东方。

遵：沿着。

江夏：长江和夏水。夏水，古河名，在今湖南境内。王逸《楚辞章句》分析说：『言己东行，循江夏之水而遂流亡，无还乡之期也。』

国门：指郢都城门。

轸怀：心里悲痛。轸，痛。怀，思。王逸《楚辞章句》考辨说：『轸，痛也。怀，思也。』

甲子：指甲日。古代以『十干』（即甲、乙、丙、丁、戊、己、庚、辛、壬、癸）和『十二支』（子、丑、寅、卯、辰、巳、午、未、申、酉、戌、亥）相配记日。

鼂：早晨。

以行：开始流放生活。王逸《楚辞章句》分析说：『甲，日也。鼂，旦也。屈原放出郢门，心痛而思，始去，正以甲日之旦而行。纪时日清明者，刺君不聪明也。鼂，一作晁。』

发：出发。

闾（lǘ 驴）：里门，这里指家乡。

怊（chāo 超）：悲伤。

荒忽：同『恍惚』，指精神迷茫。

焉极：哪里是尽头。王逸《楚辞章句》分析说：『言己始发郢，去我闾里，愁思荒忽，安有穷极之时。』

楫：船桨。

齐：同。

扬：举。

容与：指船慢慢前进。容，从容的意思。

哀：可怜我。王逸《楚辞章句》分析说：『言己去乘船，士卒齐举楫棹，低佪容与，咸有还意。自伤卒去，而不得再事于君也。』

长楸（qiū 秋）：高大的树木。楸，即梓树，落叶乔木，开浅黄色花，木材可供建筑和制造器物用。

淫淫：形容泪流不止。王逸《楚辞章句》考辨说：『淫淫，流貌也。言己顾望楚都，见其大道长树，悲而太息，涕下淫淫，如雨霰也。』

若霰：像雪珠。

夏首：夏水口，指与长江汇合的江口。王逸《楚辞章句》分析说：『夏首，夏水口也。』

顾：回头。

龙门：指郢都城门。王逸《楚辞章句》分析说：『龙门，楚东门也。言己从西浮而东行，过夏水之口，望楚东门，蔽而不见，自伤日以远也。』

婵媛：情思缠绵，牵挂不舍的样子。

眇：同『渺』，前途渺茫。

所蹠（zhí 直）：落脚何处。蹠，落脚的意思。王逸《楚辞章句》分析说：『眇，犹远也。蹠，践也。言己顾视龙门不见，则心中牵引而痛，远视眇然，足不知当所践蹠也。』

从流：顺水而行。

焉：于是。

洋洋：漂泊不定的样子。王逸《楚辞章句》考辨说：『洋洋，无所归貌也。』

客：客居在外。这里指四处流浪。王逸《楚辞章句》分析说：『言己忧不知所践，则听船顺风，遂洋洋远客，而无所归也。』

凌：乘着。

阳侯：波浪之神，这里指波浪。王逸《楚辞章句》考辨说：『阳侯，大波之神。』朱熹《楚辞集注》认为：『阳侯，陵阳国之侯，溺死于水，其神灵为大波。』

泛滥：滔滔的意思。

翱翔：以鸟飞比喻自己的船无目的的漂泊。

薄：同『泊』，停、止的意思。本句的意思是说我的船像只翱翔的孤雁不知飞向何方。王逸《楚辞章句》分析说：『薄，止也。言己遂复乘大波而游，忽然无所止薄也。之，一作而，一作兮。』

絓（guà 挂）结：忧思郁结。

思：思绪。

蹇产：曲折、不展。

不释：不能消解。王逸《楚辞章句》分析说：『蹇产，诘屈也。言己乘船蹈波，愁而恐惧，则心肝悬结，思念诘屈，而不可解释也。』

将运舟而下浮兮，上洞庭而下江。

去终古之所居兮，今逍遥而来东。

羌灵魂之欲归兮，何须臾而忘反！

背夏浦而西思兮，哀故都之日远。

登大坟以远望兮，聊以舒吾忧心。

哀州土之平乐兮，悲江介之遗风。

注释

运舟：驾船。

下浮：顺水漂流。

上洞庭：过了洞庭。

下江：进入长江。王逸《楚辞章句》分析说：『言己忧愁，身不能安处也。』

终古：世代。本句的意思是离开了世代居住的房子。王逸《楚辞章句》考辨说：『遂离先祖之宅舍也。』

来东：来到东方。王逸《楚辞章句》分析说：『遂行游戏，涉江湖也。』

羌：发语助词。

欲归：打算回去、想回去的意思。王逸《楚辞章句》分析说：『精神梦游，还故居也。』

须臾：片刻。这里是指每时每刻。

忘反：没有忘记返回故乡。反，同『返』。王逸《楚辞章句》分析说：『倚柱顾望，常欲去也。』

背夏浦：船离夏浦。背，背向、离开的意思。夏浦，夏水之滨。

西思：思念西方的家乡郢都。王逸《楚辞章句》分析说：『背水乡家，念亲属也。』

大坟：水边高地。本句的意思是登高远望，即登上高处远望故乡。王逸《楚辞章句》分析说：『想见宫阙与廊庙也。水中高者为坟，《诗》曰：遵彼汝坟。』

哀：感叹、感慨的意思。

州土：指屈原经过的地方的老百姓。

平乐：安居乐业。

江介：长江两岸。

遗风：淳朴的民风。哀、悲，是感慨其不会长久。王逸《楚辞章句》分析说：『远涉大川，民俗异也。』王念孙认为：『悲江介之遗风，亦谓风雨之风，非风俗之风也。』

当陵阳之焉至兮，渺南渡之焉如？
曾不知夏之为丘兮，孰两东门之可芜？
心不怡之长久兮，忧与愁其相接。
惟郢路之辽远兮，江与夏之不可涉。
忽若不信兮，至今九年而不复。
惨郁郁而不通兮，蹇侘傺而含感。

注释

当：乘的意思。

陵阳：凌阳侯，即波涛。

焉至：从何而来。洪兴祖《楚辞补注》指出：『前汉丹阳郡，有陵阳仙人。陵阳，子明所居也，《大人赋》云：「反大壹而从陵阳」。』

渺：大水茫茫。

南渡：南渡长江。

焉如：到哪里去。

曾不知：未曾想到。

夏：通『厦』，高大的房屋。这里指郢都的宫殿。

为丘：变为废墟。丘，墟。王逸《楚辞章句》分析说：『夏，大殿也。丘，墟也。《诗》云：于我乎夏屋渠渠。怀王信用谗佞，国将危亡，曾不知其所居宫殿当为墟也。』

孰：谁、谁料到。

两东门：两座城门。

可芜：竟会荒芜。王逸《楚辞章句》分析说：『孰，谁也。芜，逋也。言郢城两东门，非先王所作邪？何可使逋废而无路？』。

怡：愉快。

相接：是说旧忧未消又添新愁。王逸《楚辞章句》分析说：『接，续也。言己念楚国将墟，心常含戚，忧愁相续，无有解也。其，一作之。』

郢路：去往郢都的归路。

辽：即『遥』。本句的意思是回归郢都的路很遥远。王逸《楚辞章句》分析说：『楚道逶迤，山谷隘也。』

江：长江。

夏：夏水。

不可涉：意为把归途隔断。王逸《楚辞章句》分析说：『分隔两水，无以渡也。』

忽若：形容时间过的很快。

不信：令人难以相信。王逸《楚辞章句》分析说：『始从细微，遂见疑也。』

不复：没有回郢都。王逸《楚辞章句》分析说：『放且九岁，君不觉也。』

惨郁郁：形容心里闷郁积累。

不通：不舒畅。王逸《楚辞章句》分析说：『中心忧满，虑闭塞也。』

蹇侘傺：潦倒失意的样子。

慼（qì气）：同『戚』，忧愁的意思。王逸《楚辞章句》分析说：『怅然伫立，内结毒也。』

外承欢之汋约兮，谌荏弱而难持。

忠湛湛而愿进兮，妒被离而鄣之。

尧舜之抗行兮，瞭杳杳而薄天。

众谗人之嫉妒兮，被以不慈之伪名。

憎愠惀之修美兮，好夫人之慷慨。

众踥蹀而日进兮，美超远而逾迈。

注释

外：表面上。

承欢：讨人喜欢。

汋约：同『绰约』，姿态柔美的样子。

谌（chén 臣）：实际。

荏弱：软弱。

难持：靠不住。持，同『恃』。王逸《楚辞章句》分析说：『言佞人承君欢颜，好其谄言，令之汋约，然小人诚难扶持之也。』

忠湛湛：忠心耿耿。湛湛，重厚貌。

愿进：愿意积极进取，为国效力。

妒被离：被众小人嫉妒。被离，同『披离』，众多杂乱的样子。

鄣：同『障』，阻挠的意思。《九辩》『纷纯纯之愿忠兮，妒被离而彰之』。可与此二语参校。又，《九叹·远游》『妒被离而折之』，拾摭于此也。

抗：同『亢』，高尚的意思。

行：品行、德行、品德。

瞭：通『辽』，远、高远的意思。

杳杳：高远的样子。

薄：接近。这两句的意思是说尧舜品行高尚，如日月经天。

被以：竟强加给他们。

伪名：捏造的恶名。尧舜都没有把帝位传给自己的儿子，故被谗人指责为对子女『不慈』。

愠惀（yùn lún 运轮）：忠诚的样子，这里指忠臣。

修：美德。

夫：那些。

慷慨：指花言巧语，说假大空的话。以上两句的意思是说国君是非不明爱憎不清。

众：指谗人。

踥蹀（qiè dié 切叠）：小步行走的样子。这里指乖巧钻营的意思。

日进：不断晋升。

美：指贤臣。

超远、愈迈：更加被疏远。

乱曰：曼余目以流观兮，冀壹反之何时！

鸟飞反故乡兮，狐死必首丘。

曼：放开，纵。

流观：四处观望。

冀：想、希望的意思。

壹反：即『一返』，回去一趟。这里指回故乡郢都一趟。

何时：何时才能实现。王逸《楚辞章句》分析说：『言已放远，日以曼曼，周流观视，意欲一还，知当何时也。』

首丘：头向山丘。传说中狐狸死时总要把头朝向它初生时所在的山丘。王逸《楚辞章句》分析说：『念旧居也。』

信：确实。

弃逐：流放、遭到流放。

之：指故乡郢都。王逸《楚辞章句》分析说：『昼夜念君，不远离也。』

译文

苍天总是喜怒无常，
为什么要使人民遭受祸殃？
百姓亲人离散家破人亡啊，
刚刚二月就要逃亡到东方。
离开家乡去往远方啊，

沿着长江下水到处流浪。
我走出郢都城门内心悲痛啊，
甲日那一天我起航出发。
我离开郢都离开故里啊，
神情恍惚不知要去向哪里。
举起船桨慢慢前行啊，
可叹我再也不能见到君王。
看见高大的乔木我叹息不已啊，
泪水如雪花般滴滴滚落。
过了夏首这个地方又继续西行啊，
回头望去却再不见郢都城。
我内心不舍满怀悲切啊，
前路漫漫我不知要在何方落脚。
顺着风浪跟着水流走啊，
我流浪在外四处漂泊。
我在波涛汹涌的长江上前行啊，

如同飞鸟一样不知落在何处。
心中抑郁无法疏解啊，
思绪烦乱心情不畅。
我掉转船头顺水而下啊，
去往洞庭离开了长江。
离开世代居住的地方啊，
我漂泊到了东方。
我的灵魂打算归去啊，
没有一时忘记故乡。
离开夏水之滨我思念郢都啊，
可叹我一天天离故乡越来越远。
登上水边高地远望故乡啊，
姑且舒缓我内心的忧闷。
感慨这里的百姓生活安乐啊，
可叹他们还保留着纯朴的民风。
面向波涛我不知要往哪里去啊，

向南航行不知要到什么地方。
怎么也想不到都城的宫殿会变为废墟啊，
怎么也料不到都城的东门竟会荒芜。
长时间心情郁闷啊，
旧愁未去又添新忧。
回郢都的路遥远得很啊，
长江和夏水把归途隔断。
时间快得令人难以置信啊，
故乡郢都我已有九年未回。
忧思郁结不能舒畅啊，
失意难安我内心悲伤。
表面讨人喜欢姿态柔美啊，
其实内心软弱不能依靠。
忠心耿耿又愿为国效力啊，
却因为小人嫉妒而遭到阻挠。
尧舜的德行多么崇高啊，

远远超过世人达到了接近云霄的高度。
诸多谗人嫉妒他们啊，
污蔑尧舜不慈不孝。
憎恶忠诚的美德啊，
却喜欢那些好听的词藻。
小人钻营奔走步步高升啊，
贤臣越来越被疏远离开那个地方。
尾声：
举目四望我到处看啊，
希望有机会能回去一趟。
鸟儿高飞必回旧巢啊，
狐狸死时头朝向出生时的山岗。
我清白无罪遭到放逐啊，
不曾有一天忘记故乡。

评点 本篇表现了诗人在流放中的伤感和对故乡郢都的赤诚之心。王逸《楚辞章句》考证说：「此章言己虽被放，心在楚国，徘徊而不忍去，蔽于谗谄，思见君而不得。故太史公读《哀郢》而悲其志也。」

怀沙

滔滔孟夏兮，草木莽莽。
伤怀永哀兮，汩徂南土。
眴兮杳杳，孔静幽默。
郁结纡轸兮，离慜而长鞠。
抚情效志兮，冤屈而自抑。

注释

滔滔：这里是天气暖和的意思。

莽莽：茂盛的样子。王逸《楚辞章句》指出：「言孟夏四月，纯阳用事，煦成万物，草木之类，莫不莽莽盛茂，自伤不蒙君惠，而独放弃，曾不若草木也。」

怀：思。

永哀：无限悲哀。永，长。

汩（gǔ 鼓）：水流迅速的样子。

徂：往。

南土：南方。王逸《楚辞章句》认为：「言己见草木盛长，而己独汩然放流，往居江南之土，僻远之处，故心伤而长悲思也。」

眴（xùn 训）：同「瞬」，看。这里是展望前途的意思。

杳杳：深冥貌。
孔：甚也。《诗》曰：『亦孔之将。』
幽默：幽静无声。默默，无声也。王逸《楚辞章句》分析说：『默默，无声也。言江南山高泽深，视之冥冥，野甚清净，漠而无人声。』
郁结：郁结心里。
纡（yū与）：弯曲、曲折的意思。
轸：悲痛。
愍（mǐn敏）：同『悯』，忧患。
鞠：穷困的意思。王逸《楚辞章句》分析说：『鞠，穷也。言己愁思，心中郁结纡屈，而痛身遭疾病，长穷困苦，恐不能自全也。』
抚情：扪心自问的意思。
效志：检查自己的心境。
自抑：克制自己。本句的意思是说虽然感到冤枉，仍要克制自己。王逸《楚辞章句》指出：『抑，按也。言己身多病长穷，恐遂颠沛，抚己情意，而考覈心志，无有过失，则屈志自抑，而不惧也。』

刓方以为圜兮，常度未替。

易初本迪兮，君子所鄙。
章画志墨兮，前图未改。
内厚质正兮，大人所盛。
巧倕不斲兮，孰察其拨正。

注释

刓（wǎn晚）：削。
圜：同『圆』。
常度：正常的法度。度，法。
替：废弃、替换的意思。王逸《楚辞章句》分析说：『替，废也。言人刓削方木，欲以为圜，其常法度尚未废也。以言逸人谮逐放己，欲使改行，亦终守正而不易也。』
本迪：原有的正道。迪，正道。朱熹《楚辞集注》认为：『易初，变易初心也。本迪，未详。』王船山《楚辞通释》指出：『易，变也。初本迪，始所立志，本所率由也。』戴震《屈原赋注》指出：『初之本迪，犹工有规画绳墨矣。』蒋骥《山带阁注楚辞》指出：『易初本迪，谓改变其初时本然之道也。』
鄙：耻。王逸《楚辞章句》分析说：『鄙，耻也。言人遭世遇，变易初行，远离常道，贤人君子之所耻，不忍为也。』
章画：规章条文。章，明。画，条文。
志：记、牢记的意思。
墨：绳墨、准绳、准则的意思。

前图：前人的法度。图，法。

改：易。王逸《楚辞章句》考辨说：『图，法也。改，易也。言工明于所画，念其绳墨，修前人之法，不易其道，则曲木直而恶木好也。以言人遵先圣之法度，修其仁义，不易其行，则德誉兴而荣名立也。《史记》图作度。』

内厚：为人内心忠厚。

质正：品质端正。

大人：指前代圣贤。

盛：称赞、赞许。王逸《楚辞章句》指出：『言人质性敦厚，心志正直，行无过失，则大人君子所盛美也。』

倕（chuí 垂）：人名。尧帝时的一名手艺精巧的工匠。

斲：古同『斫』。砍、削的意思。

孰察：谁能看出。察，知。

拨正：把弯曲的木条刨直。拨，治。王逸《楚辞章句》考辨说：『察，知也。拨，治也。言倕不以斤斧斲斲，则曲木不治，谁知其工巧者乎？以言君子不居爵位，众亦莫知其贤能也。《史记》作揆正。』这两句的意思是说巧匠如果不动手做东西，谁又能看出他的手艺如何呢？

玄文处幽兮，矇瞍谓之不章。
离娄微睇兮，瞽以为无明。
变白以为黑兮，倒上以为下。
凤皇在笯兮，鸡鹜翔舞。
同糅玉石兮，一概而相量。
夫惟党人鄙固兮，羌不知余之所臧。
任重载盛兮，陷滞而不济。
怀瑾握瑜兮，穷不知所示。
邑犬群吠兮，吠所怪也。
非俊疑杰兮，固庸态也。
文质疏内兮，众不知余之异采。
材朴委积兮，莫知余之所有。

注释

玄文：黑色花纹。玄，黑色。文，通『纹』。

处幽：放在幽暗的地方。幽，冥。

矇瞍（méng sǒu 蒙叟）：眼睛看不见的人、盲人。王逸《楚辞章句》考辨说：『矇，盲者也。《诗》云：蒙瞍奏公。章，明也。言持玄墨之文，居于幽冥之处，则蒙瞍之徒，以为不明也。言持贤知之士，居于山谷，则众愚以为不贤也。』

离娄：眼睛健康的人。王逸《楚辞章句》考辨说：『离娄，古明目者也。《孟子》曰：离娄之明。』

微睇（dì 帝）：略看一下。微，略。睇，斜着眼看。

瞽（gǔ古）：眼睛看不见。这里代指眼睛看不见的人、盲人。王逸《楚辞章句》分析说：『瞽，盲者也。《诗》云：有瞽有瞽。言离娄明目无所不见，微有所眄，盲人轻之，以为无明也。言贤者遭困厄，俗人侮之，以为痴也。』

笯（nú奴）：笼子。

鹜（wù物）：鸭子。

翔舞：自由飞舞。王逸《楚辞章句》分析说：『言圣人困厄，小人得志也。《史记》鹜作雉。』

糅（róu柔）：混杂。本句的意思是说把美玉与顽石混杂在一起。

一概而相量：同等评价。王逸《楚辞章句》考辨说：『忠佞不异。』

党人：即众小人。

鄙固：卑鄙顽固。王逸《楚辞章句》指出：『楚俗狭陋。鄙一作交。《史记》云：夫党人之鄙妒兮。』

所臧：内在美，指纯洁高尚的品德。臧，同『藏』。王逸《楚辞章句》分析说：『莫照我之善意。《史记》云羌不知吾所臧。』

载盛：担子很重的意思。

陷滞：陷入困境的意思。陷，没。

不济：难以担当。济，成。王逸《楚辞章句》分析说：『言己才力盛壮，可任重载，而身放弃，陷没沈滞，不得成其本志。』

瑾、瑜：都是美玉。屈原这里用来比喻自己的美德和才能。王逸《楚辞章句》指出：『在衣为怀，在手为握。瑾、瑜，美玉也。』

穷不知：感到没有办法。

所示：献上。这里是指向国君献上。示，语。王逸《楚辞章句》分析说：『示，语也。言己怀持美玉之德，遭世暗惑，不别善恶，抱宝穷困，而无所语也。《史记》云：穷不得余所示。』

邑：村。

所怪：看到了奇怪的东西。王逸《楚辞章句》考辨说：『言邑里之犬，群而吠者，怪非常之人而噪之也。以言俗人群聚毁贤智者，亦以其行度异，故群而谤之也。一云：邑犬群兮，吠所怪也。《史记》无『之』字。一本此句与下文无『也』字。』

非俊：否定英雄人物。

疑杰：怀疑豪杰。王逸《楚辞章句》考辨说：『千人才为俊，一国高为杰。《史记》作诽骏疑桀。』

固：本是。

庸态：庸人惯用的伎俩。庸，厮贱之人也。王逸《楚辞章句》分析说：『言众人所谤非杰异之士，斯庸夫恶态之人也。何者？德高者不合于众，行异者不合于俗，故为犬之所吠，众人之所讪也。』

文质疏内：即文疏质内。意思是说外表不扬，显得有些木讷。文，外表。内，木讷。

异采：指非常的才能。采，文采。王逸《楚辞章句》指出：『言己能文能质，内以疏达，众人不知我有异艺之文采也。《史记》余作吾。』

材：有用之材。

朴：未加工的木材。这里指无用之材。

委积：堆积在一起。王逸《楚辞章句》分析说：『条直为材，壮大为朴。壮，一作庬。《史记》朴作朴。积，一作质。』

莫知：哪能知道。

所有：本事。王逸《楚辞章句》分析说：『言材木委积，非鲁班则不能别其好丑。国民众多，非明君则不知我之能也。』

重仁袭义兮，谨厚以为丰。
重华不可遌兮，孰知余之从容！
古固有不并兮，岂知何其故！
汤禹久远兮，邈而不可慕。
惩连改忿兮，抑心而自强。
离慜而不迁兮，愿志之有像。
进路北次兮，日昧昧其将暮。
舒忧娱哀兮，限之以大故。

注释

重、袭：都是积累的意思。本句的意思是说我重视品德才能的积累。王逸《楚辞章句》考辨说：『重，累也。袭，及也。』

谨：善。

厚：充实。

丰：丰富。王逸《楚辞章句》分析说：『谨，善也。丰，大也。言众人虽不知己，犹复重累仁德及与礼义，修行谨善以自广大也。』

重华：虞舜。

遌（wǔ恶）：逢、遇到的意思。

从容：行为举动、情况。王逸《楚辞章句》分析说：『从容，举动也。言圣辟重华，不可逢遇，谁得知我举动欲行忠信也。』

古：自古以来。

不并：圣贤生不逢时。并，俱。

何其故：什么原因。王逸《楚辞章句》考辨说：『言往古之世，忠佞之臣不可俱并事君，必相克害。故曰：岂知其何故。一本此与下句末皆有「也」字。《史记》云：岂知其故也。』

邈：远。

慕：思。王逸《楚辞章句》分析说：『慕，思也。言殷汤、夏禹圣德之君，明于知人，然去久远，不可思慕而得事之也。《史记》云：邈不可慕也。』

惩：止。

忿：恨。

抑：按。王逸《楚辞章句》分析说：『抑，按也。言己知禹、汤不可得，则止己留连之心，改其忿恨，按慰己心，以自勉强也。强，《史记》作彊。』

慜：病。王逸《楚辞章句》考辨说：『慜病也。迁，徙也。《史记》慜作湣，一作闵。』

不迁：不改变。

愿志：希望自己的决心。志，志向、心意、意志。

有像：能成为人们的榜样。像，法。王逸《楚辞章句》分析说：『像，法也。言己自勉修善，身虽遭病，心终不徙，愿志行流于后世，为人法也。《史记》像作象。』

进路：顺利前进。路，道。

北次：往北走。次，舍。

昧：糊涂，不清楚。这里指昏暗。昧昧，渐渐昏暗。王逸《楚辞章句》分析说：『昧，冥也。言己思念楚国，愿得君命，进道北行，以次舍止，冀遂还归，日又将暮，不可去也。』

舒忧：舒展愁眉。

娱哀：消除悲伤。娱，乐。王逸《楚辞章句》考辨说：『娱，乐。《史记》云：含忧虞哀。』

限：极限，最好的办法。

大故：死亡。王逸《楚辞章句》分析说：『限，度也。大故，死亡也。言己自知不遇，聊作词赋，以舒展忧思，乐己悲愁，自度以死亡而已，终无它志也。』

乱曰：浩浩沅湘，分流汩兮。

修路幽蔽，道远忽兮。

怀质抱情，独无匹兮。

伯乐既没，骥焉程兮。

民生禀命，各有所错兮。

定心广志，余何畏惧兮！

曾伤爱哀，永叹喟兮。

世溷浊莫吾知，人心不可谓兮。

知死不可让，愿勿爱兮。

明告君子，吾将以为类兮。

注释

浩浩：波涛滚滚。

沅、湘：沅水和湘江，均在今湖南境内。

分流：各自流淌。

汩：急流。王逸《楚辞章句》分析说：『浩浩，广大貌也。汩，流也。言浩浩广大乎沅、湘之水，分汩而流，将归乎海。

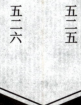

伤己放弃，独无所归也。分，一作汾。」

修路：漫长的道路。

幽：阴暗。

蔽：多阻。

道：前途。

远忽：遥远渺茫。王逸《楚辞章句》考辨说：「言己虽在湖泽之中，幽深蔽暗，道路甚远，且久长也。《史记》蔽作拂。自「道远忽兮」以下，有「曾吟恒悲兮，永叹慨兮，世既莫吾知兮，人心不可谓兮」四句。」

怀、抱：均为拥有的意思。

质：优秀的品质。

情：对国君的一片忠心。

匹：双。王逸《楚辞章句》指出：「匹，双也。言己怀敦笃之质，抱忠信之情，不与众同，故孤茕独行，无有双匹也。匹，俗作疋。」

伯乐：善相马者也。

没：死。

骥：千里马。

焉程：怎能识别。程，量。王逸《楚辞章句》考辨说：「伯乐，善相马也。程，量也。言骐骥不遇伯乐，则无所程量其才力也。以言贤臣不遇明君，则无所施其智能也。《史记》没作殁。「焉」上有「将」字。」

禀命：禀承天命。

错：同「措」，安排的意思。王逸《楚辞章句》考辨说：「错，安也。言万民禀受天命，生而各有所错，安其志。或安于忠信，或安于诈伪，其性不同也。一云：民生有命。《史记》民作人。一云：民生禀命。」

定心：安于忠信之心。定，安。

广志：大志、决心。本句的意思是说我决心安于忠信之心。王逸《楚辞章句》分析说：「言己既安于忠信，广我志意，当复何惧乎？威不能动，法不能恐也。」

曾伤：重伤。曾，同「增」。

爰哀：无穷的悲哀。爰，于。本句的意思是由于无穷的悲哀使我的心灵受到重创。

喟（kuì愧）：叹息。王逸《楚辞章句》分析说：「爰，于也。喟，息也。言己所以心中重伤，于是叹息自恨，怀道不得施用也。曾，一作增。」朱熹《楚辞集注》认为：「若依《史记》移著上文「怀质抱情」之上，而以下章「死不可让，愿勿爱兮」，承「余何畏惧」之下，文意尤通贯，恐后人因校误加也」。

不可谓：难以说。谓，说。王逸《楚辞章句》考辨说：「谓，犹说也。言己遭遇乱世，众人不知我贤，亦不可户告人说。一云：念不可谓兮。《史记》云：世溷不吾知，心不可谓兮。一云：世溷莫知，不可谓兮。」

不可让：不能避免。让，辞。

爱：吝惜的意思。王逸《楚辞章句》分析说：「让，辞也。言人知命将终，可以建忠仗节死义，愿勿辞让，而自爱惜之也。」

明告：光明磊落的意思。告，语。按郭沫若《屈原赋今译》认为，明告「当读『明皓』，乃君子之形容词。」

以为类：与你们在一起。类，法。王逸《楚辞章句》分析说：「类，法也。《诗》云：永锡尔类。言己将执忠死节，故以此明白告诸君子，宜以我为法度。一本『明』下有『以』字。」

译文 孟夏时节天暖风和啊，
各种草木生长茂盛。
心中悲伤长久哀叹啊，
行色匆匆我要去往南方。
纵目远望茫茫一片，
四周沉寂没有一丝声响。
内心郁闷悲痛愁苦啊，
遭到痛苦穷困的日子已经那么久长。
摸着良心我检省自己的志向，
我把满腹冤屈深埋在心底。
把方形的木头削成圆形，
日常的法度不能被替换。

如果改变原有的崇高志向啊，
必会遭到正直之人的鄙夷。
要依规矩绳墨行事啊，
不能更改前人的法理。
为人忠厚正直啊，
这种美德圣贤赞许。
如果巧匠不去砍削，
没有人能了解他的手艺。
黑色的花纹放在黑暗之处，
盲人会说它没有漂亮的地方。
明眼人眯起眼睛仔细查看，
盲人还以为正常人和他一样。
黑白易位啊，
上下颠倒。
凤凰被关在笼子里，
鸡鸭却得以自由飞翔。

美玉和石头被放在一起啊，
不管它们的区别在什么地方。
那些小人卑鄙固执啊，
不会懂得我的忠诚高尚。
身负重任啊，
却被陷在困境中难以有所担当。
尽管我内心如美玉般纯洁高尚啊，
在这困境中却找不到展示的地方。
村庄的群狗齐吠啊，
就像看到了怪物一样。
毁谤英雄质疑豪杰，
都是小人一贯的伎俩。
我内心有才却不善言辞啊，
小人怎么能欣赏我与众不同的风采。
把有用的木材与没有的混放啊，
谁又能明白我的才能。

我注重仁义沿袭正义啊，
为人忠厚不断修养自己。
虞舜那样的君王难再遇啊，
又有谁能理解我的言行。
古来贤臣明主难同世啊，
怎能知道这是因为什么缘故。
商汤夏禹已成历史离我们远去了，
远到我们不能瞻仰和敬仰他们。
忧愁和忿恨都大可不必啊，
我要压抑内心的愁苦努力自强。
即使遭遇祸殃也痴心不改啊，
我要成为自己心中的榜样。
沿着道路向北行进啊，
夕阳西下大地一片茫茫。
排解忧愁除去悲伤啊，
最好的办法就是死亡。

尾声：

沅水和湘江波浪滚滚啊，

水流湍急各自流淌。

长路漫漫黑暗多障，

前途茫茫不知去向何方。

内心美好又有报国之志啊，

可怜没人能为我证明。

伯乐既然已经不在，

千里马又有谁能认定。

每个人的一生都有注定的命运啊，

上天对每个人都有不同的安排。

我决心安于忠信之心啊，

又有什么值得害怕的地方。

无限的悲伤和哀怨啊，

使我叹息不已。

时世浑浊没有人能理解我啊，

人心深不可测难以言说。

我知道死已无可挽回，

对生命也不再吝惜。

光明磊落的君子啊，

我将和你们在一起。

评点

这是《九章》中的一篇。本篇写于屈原投江之前不久，表现了诗人仗节死义、可歌可泣的爱国主义精神。

王逸《楚辞章句》考辨说：『此章言己虽放逐，不以穷困易其行。小人蔽贤，群起而攻之。举世之人，无知我者。思古人而不得见，仗节死义而已。太史公曰：乃作《怀沙》之赋，遂自投汨罗以死。原所以死，见于此赋，故太史公独载之。』

惜往日

惜往日之曾信兮，受命诏以昭诗。
奉先功以照下兮，明法度之嫌疑。
国富强而法立兮，属贞臣而日娭。
秘密事之载心兮，虽过失犹弗治。
心纯庬而不泄兮，遭谗人而嫉之。
君含怒而待臣兮，不清澈其然否。
蔽晦君之聪明兮，虚惑误又以欺。
弗参验以考实兮，远迁臣而弗思。
信谗谀之溷浊兮，盛气志而过之。
何贞臣之无辜兮，被离谤而见尤！
惭光景之诚信兮，身幽隐而备之。
临沅湘之玄渊兮，遂自忍而沉流。
卒没身而绝名兮，惜壅君之不昭。
君无度而弗察兮，使芳草为薮幽。
焉舒情而抽信兮，恬死亡而不聊。
独障壅而蔽隐兮，使贞臣为无由。

注释

惜：忆。

曾信：深受君王信任。王逸《楚辞章句》指出：「先时见任，身亲近也。」

命诏：君王诏令。

昭诗：使时世清明。昭，明的意思。王逸《楚辞章句》考辨说：「君告屈原，明典文也。诗，一作时。」

奉：遵奉。

先功：先王功业。

照下：普照后世。王逸《楚辞章句》分析说：「承宣祖业，以示民也。」

嫌疑：指法令中含糊不清的内容。本句的意思是使法度规范严明。王逸《楚辞章句》分析说：「草创宪度，定众难也。」

贞臣：忠臣。

日娭（xī西）：日子过得愉快。指天下太平。娭，同「嬉」。王逸《楚辞章句》分析说：「委政忠良而游息也。」

秘密事：国家机密。

载心：放在心中。王逸《楚辞章句》考辨说：「天灾地变，乃存念也。秘，一作移。」

弗治：君王也不处分、不追究。王逸《楚辞章句》分析说：「臣有过差，赦贯宽也。」

庞（máng忙）：通「庞」，厚、忠厚的意思。

不泄：不随便乱说，指办事严谨。王逸《楚辞章句》分析说：「素性敦厚，慎语言也。」

待臣：对我。王逸《楚辞章句》分析说：『上怀忿恚，欲刑残也。』

清澈：搞清。清，作动词用，澈，水清的意思。

然否：是与非。王逸《楚辞章句》分析说：『内弗省察，其侵冤也。』

蔽晦：蒙蔽。

聪明：视听。王逸《楚辞章句》分析说：『专擅威恩，握主权也。』

虚惑误：造谣诬蔑的意思。

参验：比较验证。

考实：考察核实。王逸《楚辞章句》分析说：『不审穷核其端原也。』

迁：放逐。

弗思：不念旧情。王逸《楚辞章句》分析说：『放逐徙我，不肯还也。』

谗谀之溷浊：即混浊之谗谀。王逸《楚辞章句》分析说：『听用邪伪，自乱惑也。』

盛气志：盛气凌人。

过之：把罪过强加于我。过，罪过。这里作动词，加罪的意思。王逸《楚辞章句》分析说：『呵骂迁怒，妄诛戮也。』

辠：『罪』的异体字。

离谤：遭到诽谤。

见尤：被责罚。尤，罪过。这里做动词，责罚的意思。王逸《楚辞章句》分析说：『虚蒙诽讪，获过愆也。』

光景：指阳光。

诚信：意即阳光普照天下，对万物一视同仁。相比之下，更加凸显了楚怀王不公。王逸《楚辞章句》分析说：『质性谨厚，貌纯悫也。』

身幽隐：我身处幽暗之处。

备之：感受不到阳光的诚信。

玄渊：深渊。

遂自忍：我将忍受痛苦。

沉流：投江。王逸《楚辞章句》考辨说：『遂赴深水，自害贼也。遂，一作不。』

壅（yōng庸）君：受蒙蔽的君王。壅，蔽塞。

昭：明白。王逸《楚辞章句》分析说：『怀王壅蔽，不觉悟也』。

无度：没有是非标准。王逸《楚辞章句》分析说：『上无检柙，以知下也。』

薮（sǒu叟）：水少而野草丛生的湖泽。

幽：做动词，埋没、掩盖的意思。王逸《楚辞章句》分析说：『贤人放窜，弃草野也。』

抽信：陈述内心的真情。抽，有条理地陈述。信，真、真情的意思。王逸《楚辞章句》分析说：『安所展思，拔愁苦也。』

恬：安然。

不聊：不苟且偷生。

独：只是。
障壅、蔽隐：均指君王还受谗佞蒙蔽。王逸《楚辞章句》考辨说：「障一作彰，音如鄣。壅一作雍。远放隔塞，在裔土也。」
使贞臣：要想使他再任用忠臣。
无由：已不可能。王逸《楚辞章句》分析说：「欲竭忠节，靡其道也。」

闻百里之为虏兮，伊尹烹于庖厨。
吕望屠于朝歌兮，宁戚歌而饭牛。
不逢汤武与桓缪兮，世孰云而知之！
吴信谗而弗味兮，子胥死而后忧。
介子忠而立枯兮，文君寤而追求；
封介山而为之禁兮，报大德之优游。
思久故之亲身兮，因缟素而哭之。
或忠信而死节兮，或訑谩而不疑。
弗省察而按实兮，听谗人之虚辞。
芳与泽其杂糅兮，孰申旦而别之？

何芳草之早殀兮，微霜降而下戒。
谅聪不明而蔽壅兮，使谗谀而日得。
自前世之嫉贤兮，谓蕙若其不可佩。
妒佳冶之芬芳兮，嫫母姣而自好。
虽有西施之美容兮，谗妒入以自代。
愿陈情以白行兮，得罪过之不意。
情冤见之日明兮，如列宿之错置。
乘骐骥而驰骋兮，无辔衔而自载。
乘汜泭以下流兮，无舟楫而自备。
背法度而心治兮，辟与此其无异。
宁溘死而流亡兮，恐祸殃之有再。
不毕辞而赴渊兮，惜壅君之不识。

注释

百里：人名，即百里奚。春秋时期秦穆公的贤相。原为虞国大夫，晋灭虞后被俘，并作为秦穆公夫人陪嫁的奴隶送给秦。后百里奚逃出秦，又被楚人抓住。秦穆公听说其贤良，用五张羊皮把他赎回。
为虏：当过俘虏。
伊尹：人名，商汤时的贤相。原是有莘氏的陪嫁奴隶，曾做过厨师。

烹于庖厨：做过厨师。

吕望：人名，即姜太公、姜尚。传说他曾在朝歌屠牛为生，后遇周文王被任用为相。

宁戚：人名。春秋时卫国人。传说是一个牛贩子。他到齐国贩牛，见到齐桓公外出，就敲着牛角唱歌，倾诉自己怀才不遇，齐桓公任用他为卿。

饭牛：喂牛吃饭、给牛喂食。

汤武与桓缪：指商汤、周武王、齐桓公、秦穆公。缪，同『穆』。

吴：指吴王夫差。春秋时吴国的国王。

信谗：指吴王夫差听信太宰伯嚭（pǐ匹）的谗言，逼死伍子胥。

弗味：不辨是非。这里是以咀嚼物不辨其味比喻不辨是非。

子胥：人名，即伍子胥，又叫伍员，吴国忠臣，反对吴越议和，后被夫差逼死。吴国也因与越议和、放松警惕，而被越王勾践所灭。

后忧：指亡国之忧。王逸《楚辞章句》分析说：『竟为越国所诛灭也。』

介子：人名，即介子推，春秋时晋国贤者。他随晋文公在外流亡十九年，回国后因不争功，隐居在绵山（今山西境内）。晋文公想请他出山做官，派人去找，未找到，就放火烧山，想逼他出来，结果介子推抱着一颗树被烧死。

立枯：站着被烧死。

文君：晋文公。

楚辭精注精译精评

寤（wù误）：同『悟』，知道后。

追求：追悔莫及。王逸《楚辞章句》考辨说：『文君，晋文公也。寤，觉也。昔文公被骊姬之谮，出奔齐、楚，介子推从行，道乏粮，割股肉以食文公。文公得国，赏诸从行者，失忘子推。子推遂逃介山隐。文公觉寤，追而求之，子推遂不肯出。文公因烧其山，子推抱树烧而死，故言立枯也。』

封介山：把绵山赐封为介山。介子推死后，晋文公把绵山下一些田赐为介子推的祭田，把绵山改名介山，以示纪念。

禁：禁止上介山砍柴。

大德：相传介子推随晋文公流亡时，路上没有吃的，他就割自己大腿上的肉给晋文公吃，这对晋文公来说恩重如山。

优游：指介子推死后晋文公对他优厚的封赐。王逸《楚辞章句》分析说：『言文公遂以介山之民封子推，使祭祀之。又禁民不得有言烧死，以报其德，优游其灵魂也。』

久故：多年的故交。

亲身：身边亲近的人。

缟素：白色的丧服。

哭之：指晋文公哭介子推。王逸《楚辞章句》分析说：『言文公思子推亲自割其身，恩义尤笃。因为变服，悲而哭之也。』

或：有的人。

死节：守节而死。王逸《楚辞章句》指出：『仇牧、荀息与梅伯也。』

訑谩（dàn màn但曼）：欺诈。本句的意思是说，有的为人奸诈却不被怀疑反被重用。

按实：根据事实。王逸《楚辞章句》分析说：『君不参错而思虑也。』

虚辞：假话。这两句是说如果不根据事实认真考察，那只好听信他人说的假话。王逸《楚辞章句》分析说：『诈

申旦：清楚明白的意思。

别：辨别。王逸《楚辞章句》分析说：『世无明智，惑贤愚也。』

殀（yāo夭）：早死。这里指过早凋零。王逸《楚辞章句》分析说：『贤臣被逸，命不久也。』

下戒：没有戒备。王逸《楚辞章句》分析说：『严刑卒至，死有时也。』

聪：耳朵。王逸《楚辞章句》考辨说：『君知浅短，无所照也。一云不聪明。』洪兴祖《楚辞补注》认为：『《易·噬嗑》夬卦皆曰：「聪，不明也。」』考郭店楚墓竹简文《五行篇》说：『不聪不明，不圣不智，不智不仁，不仁不安，不安不乐，不乐亡德。』又说：『未尝闻君子道，谓之不聪；未尝见贤人谓之不明。』『不聪明』，古之成语也。

日得：常常得意。王逸《楚辞章句》分析说：『佞人位高，家富饶也。』

自前世：自古以来。王逸《楚辞章句》分析说：『憎恶忠直，若仇怨也。』

蕙、若：均为香草。王逸《楚辞章句》分析说：『贱弃仁智，言难用也。』

佳冶：指美人。王逸《楚辞章句》指出：『嫉害美善之婉容也。』

嫫母：传说是黄帝的妻子，容貌很丑。这里指丑人。

姣：妖媚。

自好：自以为漂亮。王逸《楚辞章句》指出：『丑姬自饰以粉黛也。』

西施：春秋时越国美女。

以自代：取而代之。王逸《楚辞章句》分析说：『众恶推远，不附近也。』

白行：表白自己的行为。王逸《楚辞章句》分析说：『列己忠心，所趋务也。』

不意：出乎我的意料。王逸《楚辞章句》分析说：『谴怒横异，无宿戒也。』

情冤：冤情，我的冤情。

日明：越来越清楚。王逸《楚辞章句》分析说：『行度清白，皎如素也。』

列宿（xiù秀）：众星。列，各。宿，星宿。

错置：罗列。错，同『措』。王逸《楚辞章句》分析说：『皇天罗宿，有度数也。』

骐骥：骏马。王逸《楚辞章句》指出：『如驾驽马而长驱也。』

辔（pèi佩）：缰绳。

衔：马勒。

载：备置。王逸《楚辞章句》分析说：『不能制御，乘车将仆。』

泭（fú服）：木筏。王逸《楚辞章句》考辨说：『乘舟泛船而涉渡也。编竹木曰泭。楚人曰柎，秦人曰拨也。』

楫：船桨。王逸《楚辞章句》指出：『身将沈没而危殆也。』

法度：指客观规律。

心治：凭主观意志办事。王逸《楚辞章句》分析说：『背弃圣制，用愚意也。』

辟：透彻、完全。

其：指上文无辔衔骑马，无舟楫泛泭的情况。王逸《楚辞章句》分析说：『若乘船车，无辔棹也。』

溘（kè客）：突然。

流亡：指魂魄离散。王逸《楚辞章句》分析说：『意欲淹没，随水去也。』

毕辞：话未说完。王逸《楚辞章句》分析说：『陈言未终，遂自投也。』

不识：不懂、不了解。本句的意思是说可惜至死昏君还不了解我的苦衷。王逸《楚辞章句》指出：『哀上愚蔽，心不照也。』

译文

追忆往昔我曾得君王信任，
接受诏命清明时世。
把先王功业发扬光大啊，
使司法严明没有存疑。
国家富强建立了法治，
忠信之臣来管理天下太平。
我把国家的秘密谨记于心啊，
虽偶有过错也能得到君王从宽处理。

为人忠厚办事严谨啊，
却遭到小人的嫉妒。
君王受惑对我发怒啊，
分不清事情是真是假。
蒙蔽了君王的视听啊，
无中生有以假作真。
没有对谗言进行考证啊，
君王不念旧情将我放逐。
受浑浊的谄媚之辞蛊惑啊，
盛气凌人将罪责加诸我身。
为什么没有罪过的忠臣，
却要遭到诽谤承担罪责。
阳光一视同仁普照万物啊，
我身处幽隐之地感受不到它的光芒。
来到沅水和湘江深处啊，
要我忍下这口气投江而亡吗？

身死名灭都无所谓啊，
只是可惜庸君始终不能明白。
君心没有尺度也不能明察啊，
竟把香草弃之于荒野偏僻之处。
怎么能抒发倾诉表达自己的忠信啊
宁死而不愿偷生。
只是君王受谗言蒙蔽啊，
任用忠信之臣已不再可能。
听说百里奚曾经做过俘虏啊，
伊尹曾在厨房打杂。
姜太公曾在朝歌做屠夫啊，
宁戚曾唱着歌喂牛。
如果不是遇到商汤、周武王和齐桓公、秦穆公，
有谁会知道他们。
吴王听信谗言是非不分啊，
伍子胥被赐死吴国也被灭。

介子推忠诚却活活抱着树被烧死啊，
晋文公顿时觉悟后悔莫及。
封绵山为介山并禁止打猎啊，
以报答介子推割股为己充饥的大德。
思念多年跟随自己的臣下啊，
晋文公全身缟素悲哀痛哭。
有忠信之士守节而死啊，
也有欺诈之人不被怀疑。
如果不根据事实详加考察啊，
只能听信谗人说的假话。
芳香与恶臭被搅合在一起啊，
谁能清楚地分辨它们。
为什么芳草过早夭亡，
微霜来临之时就要当心。
想到君王被蒙蔽耳不聪目不明啊，
使阿谀奉承之人刻刻得逞。

自古贤士就容易被嫉妒啊，
人们却说惠草、杜若不能佩戴。
嫉妒佳人打扮得漂亮啊，
丑女撒娇自以为自己很美。
纵有西施般漂亮的容颜啊，
进谗妒忌之人也会将她替代。
希望陈述心志表白自己啊，
却招来意想不到的罪责。
我的冤屈真情会一天天大白于天下啊，
就如同天上众星位置不能改变。
想乘着骏马快速急行啊，
却又没有勒马的缰绳。
想泛舟顺水直下啊，
我又没有划船的船桨。
违背法度肆意而为的做法，
其结果就像以上两种情况。

宁愿突然死去而灵魂失散啊，
害怕再次遭到祸殃。
话未说完就去投江啊，
可惜君王怎么也不能觉悟。

评点 这是《九章》中的一篇。作者回顾总结往事，得出的结论是：楚王昏庸，楚国将亡，自己不可能再被启用为国效力，因此，决定投江自尽，以死守节。本诗有可能是屈原的最后一篇作品，当时秦军已经大举南下攻陷楚国南方重镇溆浦，屈原居住在附近，面临做亡国奴的威胁，所以做好了充分准备，随时投水自杀。王逸《楚辞章句》考辨说：『此章言已初见信任，楚国几治于矣。而怀王不知君子小人之情状，以忠为邪，以僭为信，卒见放逐，无以自明也。』

主要参考文献

[汉]王逸注：《楚辞章句》（与朱熹《诗集传》合成一本），长沙：岳麓书社，1989年版

[梁]萧统选编、[唐]李善等注：《六臣注文选》，杭州：浙江古籍出版社，1999年影印版

[宋]洪兴祖：《楚辞补注》，北京：中华书局，2002年版

[宋]朱熹：《楚辞集注》，北京：人民文学出版社，2001年版

[宋]朱熹：《景元刊本楚辞集注》，北京：线装书局，2002年版

[宋]钱杲之：《离骚集传》，上海：上海古籍出版社据北京图书馆藏宋刻本影印，1995年版

[明]汪瑗撰、董洪利点校：《楚辞集解》，北京：北京古籍出版社，1994年版

[明]钱澄之：《庄屈合诂》，合肥：黄山书社，1998年版

[明]王夫之：《楚辞通释》，上海：上海人民出版社，1975年版

[清]张德纯：《离骚节解》，北京：北京出版社据康熙读书松桂林刻本影印，2000年版

[清]毛奇龄：《天问补注》，上海：上海古籍出版社据康熙刻西河合集本影印，1995年版

[清]蒋骥：《山带阁注楚辞》，北京：中华书局，1958年版

[清]戴震：《屈原赋注》，北京：中华书局，1999年版

[清]郑知同原著、蒋南华等人校注：《郑知同楚辞考辨手稿校注》，贵阳：贵州人民出版社2004年版

易重廉：《中国楚辞学史》，长沙：湖南出版社，1991年版

李中华、朱炳祥：《楚辞学史》，武汉：武汉出版社，1996年版

李大明：《汉楚辞学史》，成都：电子科技大学出版社，1994年版

姜亮夫：《楚辞通故》，济南：齐鲁书社，1985年版

楚辭精注精译精评

姜亮夫：《楚辞今绎讲录》，北京：北京出版社，1981年版
姜亮夫、姜昆武：《屈原与楚辞》，合肥：安徽教育出版社，1996年版
于省吾：《泽螺居诗经新证泽螺居楚辞新证》，北京：中华书局，2003年版
沈祖绵：《屈原赋证辨》，上海：中华书局，1960年版
朱季海：《楚辞解故》，北京：中华书局，1963年版
谭介甫：《屈赋新编》，北京：中华书局，1978年版
聂石樵：《屈原论稿》，北京：人民文学出版社，1982年版
蒋天枢：《楚辞论文集》，西安：陕西人民出版社，1982年版
刘永济：《屈赋音注详解·附屈赋释词》，上海：上海古籍出版社，1983年版
汤炳正：《屈赋新探》，济南：齐鲁书社，1984年版
汤炳正：《楚辞类稿》，成都：巴蜀书社，1988年版
汤炳正讲述、汤序波整理：《楚辞讲座》，南宁：广西师范大学出版社，2006年版
周勋初：《九歌新考》，上海：上海古籍出版社，1986年版
翁世华：《楚辞论集》，台北：文史哲出版社，1988年版
张正明主编：《楚文化史》，武汉：湖北人民出版社，1988年版
李莎青：《诗人屈原》，长沙：湖南美术出版社，1988年版

张中一：《屈原新考》，北京：中国文史出版社，1991年版
戴志钧：《论骚二集》，哈尔滨：黑龙江教育出版社，1990年版
黄中模：《与日本学者讨论屈原问题》，武昌：华中理工大学出版社，1990年版
[美]施耐德著，张啸虎、蔡靖泉译：《楚国狂人屈原与中国政治神话》，武汉：湖北人民出版社，1990年版
曹大中：《屈原的思想与文学艺术》，长沙：湖南出版社，1991年版
张正体：《楚辞新论》，台北：台湾商务印书馆，1991年版
金开诚：《屈原辞研究》，南京：江苏古籍出版社，1992年版
梅桐生：《楚辞入门》，贵阳：贵州人民出版社，1993年版
赵沛霖：《屈赋研究论衡》，天津：天津教育，1993年版
张崇琛：《楚辞文化探微》，北京：新华出版社，1993年版
朱碧莲：《楚辞论稿》，上海：三联书店，1993年版
何剑熏：《楚辞新诂》，成都：巴蜀书社，1994年版
雷庆翼：《楚辞正解》，上海：学林出版社，1994年版
周建忠：《楚辞论稿》，郑州：中州古籍出版社，1994年版
陈子展：《楚辞直解》，上海：复旦大学出版社，1996年版
毛庆：《诗祖涅槃：屈原和他的诗》，北京：三联书店，1996年版

赵逵夫：《屈原与他的时代》，北京：人民文学出版社，1996年版
李大明：《楚辞文献学史论考》，成都：巴蜀书社，1997年版
陈桐生：《楚辞与中国文化》，西安：陕西人民教育出版社，1997年版
张来芳：《离骚探赜》，南昌：江西人民出版社，1997年版
黄震云：《楚辞通论》，长沙：湖南教育出版社，1997年版
过常宝：《楚辞与原始宗教》，北京：东方出版社，1997年版
黄凤显：《屈辞体研究》，长沙市：湖南人民出版社，1997年版
吴宏一：《诗经与楚辞》，台北：台湾书店，1998年版
郭维森：《屈原评传》，南京：南京大学出版社，1998年版
李中华：《词章之祖：楚辞与中国文化》，郑州：河南大学出版社，1998年版
江林昌：《楚辞与上古历史文化研究》，济南：齐鲁书社，1998年版
金式武：《〈楚辞·招魂〉新解》，上海：文汇出版社，1999年版
潘啸龙：《屈原与楚辞研究》，合肥：安徽大学出版社，1999年版
彭毅：《楚辞诠微集》，台北：台湾学生书局，1999年版
国光红：《九歌考释》，济南：齐鲁书社，1999年版
熊任望：《楚辞探综》，保定：河北大学出版社，2000年版

黄灵庚：《楚辞异文辩证》，郑州市：中州古籍出版社，2000年版
洪顺隆：《辞赋论丛》，台北市：文津出版社有限公司，2000年版
周建忠：《楚辞与楚辞学》，吉林：吉林人民出版社，2000年版
钱玉趾：《九歌全新解译》，成都：巴蜀书社，2000年版
杜月村：《楚辞新读》，成都：巴蜀书社，2001年版
颜翔林：《楚辞美论》，上海：学林出版社，2001年版
郭建勋：《楚辞与中国古代韵文》，长沙：湖南师范大学出版社，2001年版
褚斌杰：《楚辞要论》，北京：北京大学出版社，2002年版
褚斌杰：《楚辞选评》，西安：三秦出版社，2004年版
廖序东：《楚辞语法研究》，北京：商务印书馆2006年版
汤漳平：《出土文献与楚辞九歌》，北京：中国社会科学出版社，2004年版
涂又光：《楚国哲学史》，武汉：湖北教育出版社，1995年版